Esta edição possui os mesmos textos ficcionais das edições anteriores.

Prêmio Antônio de Alcântara Machado
O feijão e o sonho
© Origenes Lessa, 1981

Diretoria de conteúdo e inovação pedagógica Mário Ghio Júnior
Diretoria editorial Lidiane Vivaldini Olo
Gerência editorial Paulo Nascimento Verano
Edição Fabiane Zorn e Camila Saraiva

ARTE
Ricardo de Gan Braga (superv.), Soraia Pauli Scarpa (coord.), Thatiana Kalaes (assist.)
Projeto gráfico & redesenho do logo Marcelo Martinez | Laboratório Secreto
Capa montagem de Marcelo Martinez | Laboratório Secreto sobre ilustrações de Daisy Startari
Diagramação Balão Editorial

REVISÃO
Hélia de Jesus Gonsaga (ger.), Rosângela Muricy (coord.) e Balão Editorial

ICONOGRAFIA
Silvio Kligin (superv.), Claudia Bertolazzi (pesquisa), Cesar Wolf
e Fernanda Crevin (tratamento de imagem)
Crédito das imagens Biblioteca Municipal Origenes Lessa e Espaço Cultural Cidade do Livro
— Lençóis Paulista/SP (p. 212 e 214)

CIP-BRASIL. CATALOGAÇÃO NA FONTE
SINDICATO NACIONAL DOS EDITORES DE LIVROS, RJ

L632f
52. ed.

Lessa, Origenes, 1903-1986
  O feijão e o sonho / Orígenes Lessa. - 52. ed. - São Paulo . Ática,
2015.
  216 p. (Vaga-Lume)

  Apêndice
  ISBN 978-85-08-17357-0

  1. Ficção infantojuvenil brasileira. I. Título. II. Série.

15-22283   CDD: 028.5
                                           CDU: 087.5

CL: 739047
CAE: 546941

2023
52ª edição
10ª impressão
Impressão e acabamento: Vox Gráfica

editora ática
Direitos desta edição cedidos à Editora Ática S.A.
Avenida das Nações Unidas, 7221
Pinheiros — São Paulo — SP — CEP 05425-902
Tel.: 4003-3061 — atendimento@aticascipione.com.br
www.coletivoleitor.com.br

IMPORTANTE: Ao comprar um livro, você remunera e reconhece o trabalho do autor e o
de muitos outros profissionais envolvidos na produção editorial e na comercialização
das obras: editores, revisores, diagramadores, ilustradores, gráficos, divulgadores,
distribuidores, livreiros, entre outros. Ajude-nos a combater a cópia ilegal! Ela gera
desemprego, prejudica a difusão da cultura e encarece os livros que você compra.

O Feijão e o Sonho

ORÍGENES LESSA

Série Vaga-Lume

A realidade e os sonhos de cada um

HÁ PESSOAS QUE SÓ CONSEGUEM SE PREOCUPAR com coisas práticas. Mas existem também aqueles que não dão a mínima importância para as exigências do dia a dia. Gente muito sonhadora, de quem se costuma dizer que "vive nas nuvens" ou ainda no "mundo da lua". Com certeza, você conhece alguém assim, não é mesmo?

Em *O feijão e o sonho*, você vai ver as dificuldades de relacionamento de um casal em que o marido — o poeta Campos Lara — deixa em segundo plano o sustento de sua casa para dedicar-se a seus projetos artísticos. Acompanhando o drama desse sonhador e de sua inconformada esposa, você vai conhecer a distância que muitas vezes separa a vida da arte, além de perceber quanta luta é necessária para as pessoas atingirem seus ideais.

sumário

capítulo 1. **11**
capítulo 2. **16**
capítulo 3. **20**
capítulo 4. **24**
capítulo 5. **27**
capítulo 6. **34**
capítulo 7. **38**
capítulo 8. **44**
capítulo 9. **51**
capítulo 10. **55**
capítulo 11. **58**
capítulo 12. **62**
capítulo 13. **66**
capítulo 14. **71**
capítulo 15. **76**
capítulo 16. **79**
capítulo 17. **82**
capítulo 18. **88**
capítulo 19. **91**
capítulo 20. **94**
capítulo 21. **100**
capítulo 22. **104**
capítulo 23. **107**
capítulo 24. **111**

capítulo 25. **114**
capítulo 26. **118**
capítulo 27. **123**
capítulo 28. **129**
capítulo 29. **132**
capítulo 30. **137**
capítulo 31. **139**
capítulo 32. **142**
capítulo 33. **145**
capítulo 34. **150**
capítulo 35. **153**
capítulo 36. **156**
capítulo 37. **159**
capítulo 38. **163**
capítulo 39. **167**
capítulo 40. **172**
capítulo 41. **177**
capítulo 42. **180**
capítulo 43. **185**
capítulo 44. **190**
capítulo 45. **194**
capítulo 46. **197**
capítulo 47. **201**

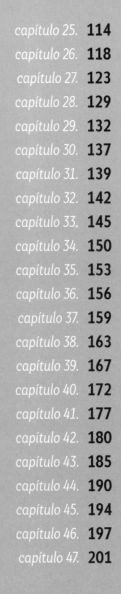

capítulo 48. **203**

capítulo 49. **205**

capítulo 50. **207**

capítulo 51. **210**

Saiba mais sobre Orígenes Lessa **212**

1.

TODOS OS DIAS AQUELA MISÉRIA... Maria Rosa estava de pé às cinco da manhã. Havia que pôr a casa em ordem, arrumar a sala de aulas, preparar o café, lavar os pequenos, vesti-los, passar roupa — "tenho um serviço de negra!"* — e acordar o marido.

Era o mais difícil.

— Por que não deita mais cedo, seu tranca? Fica lendo feito idiota até não sei que horas, ou dando prosa com esses vagabundos, e depois, quando tem que fazer alguma coisa, pega no sono que nem Cristo acorda!

E resmungando e imprecando, vassourão aqui, pano molhado ali — "não mexa aí, menino!" — Maria Rosa continuava a peleja.

— Parece que eu caí da cadeira, no dia em que fiquei noiva desse coisa à toa! Pra ter esta vida! Pra passar vergonha!

....
* Neste romance, publicado originalmente em 1938, a personagem compara seu trabalho ao de uma escrava. (N.E.)

O Feijão e o Sonho 11

Arrumou uma toalhinha de crochê no aparador humilde.

— Largue esse copo, Joãozinho! Largue já! Largue, estou dizendo!

E ameaçadora, para o garoto lambudo que sorria feliz:

— Menino! Menino! Ponha já o copo na mesa! Olhe o que estou dizendo!

O pequeno continuava a negacear o corpo, o copo muito sujo, uma das mãos mergulhada na água.

— Não molhe o chão, criatura! A gente vive feito uma burra, tentando limpar a casa, vem um coisinha desses emporcalhar tudo! Você apanha, Joãozinho! Traga o copo aqui!

— Eu quelia bebê água!

— Não quer beber coisa nenhuma. Você quer é chinelo! Venha cá!

— A sinhoia bate na gente!

— Não bato! Venha aqui direitinho, me entregue o copo, que a mamãe não bate.

— Eu sei que a sinhoia bate!

— Não me enjerize, criatura! Você apanha já!

— Eu não disse? A sinhoia qué é batê na gente...

Maria Rosa avançou para o filho:

— Me entregue o copo, menino! Olhe que você ainda vai quebrar esse copo! É o único que tem na casa! Vamos! Vamos! Não quero brincadeira! Ah! demoninho dos infernos! Me molhando a casa toda! Deixa estar que eu te pego!

— Mamãe, mamãe! Olha a Irene!

Era do quarto vizinho.

— A Irene tá puxando o cabelo da gente!

As duas meninas surgiram à porta.

— Não estou, mamãe, foi ela que começou!

— Não comecei nada, mamãe, foi ela que me xingou de peste!

— Já para o quarto! Todas duas de castigo! Vocês só prestam pra perder a cabeça da gente!

— Mas eu não fiz nada! — gritou Anita.

— Não quero conversa! Já para o quarto! As duas!

Anita não se conformou.

— Ela que provoca e a gente é que vai de castigo!

— Não quero choro! Cale a boca! Senão, além de tudo, você ainda entra no chinelo!

— Ahn, mamãe... a culpa é dessa cara de rato!

— Rato é você, sua pamonha!

— Pamonha vai ela!

Maria Rosa agarrou as duas pela orelha.

— Quietas! Não atormentem o juízo dos outros!

O choro recomeçou. Ameaças. Gritos.

— Não me amolem a paciência, que eu já ensino vocês. Olha que eu chamo seu pai!

Ergueu a voz para o quarto grande.

— Juuuca! Juuuca! Venha ver estas crianças!

Voltou-se para as duas:

— Já! De pé, aí no canto!

Foi bater à porta do marido.

— Juca! Seu dorminhoco! Seu preguiçoso! Você não le-

O Feijão e o Sonho 13

vanta? Venha ao menos dar um jeito nos seus filhos, que eu não posso mais! Venha cuidar das suas obrigações! É quase meio-dia!

E ouvindo o tilintar do copo quebrado:

— Ah! cachorrinho de uma figa! Deus que me perdoe, mas eu não sei por que é que fui botar esses porcarias no mundo!

Agarrou o pequeno pelo braço.

— Pestinha! Eu não tinha dito que você quebrava o copo? Nunca vi menino mais insuportável! Desbriado! Reinador!

Cobriu-o de palmadas.

— E não quero choro, ouviu? Abriu a boca, apanha mais! Olhou a mais velha.

— O que é que você está fazendo aí, feito não sei o quê? Vamos! Vá trabalhar. Vá buscar a vassoura! Passe a vassoura na sala, que eu não sou negra de ninguém, não estou pra trabalhar sozinha!

— Mas eu estou de castigo!

— Ah! é assim, não é? Quer ficar de castigo pra ver se não precisa fazer nada, pois não? Eu já mostro pra que é que foi feito o rabo de tatu!

A menina tratou de raspar-se.

— Eu vou buscar a vassoura, mamãe. Arre! A senhora nem dá tempo da gente pensar...

E solícita:

— Quer que espane os móveis?

— Espanar com o quê? Só se for com o seu nariz! Você não sabe que o Joãozinho jogou ontem o espanador no poço?

E voltando-se para o quarto onde o marido devia roncar:

— Também, esse moleirão do seu pai não presta nem pra tirar um espanador do poço...

— Mas é fundo, mamãe.

— Funda é a pouca-vergonha de vocês todos. Saiu tudo da mesma massa do pai. Cada qual mais sem préstimo!

Arrumou uma cadeira de palha, deu um peteleco no Joãozinho, que enfiara o dedo no nariz, e estourou com a Irene:

— E você, o que é que está fazendo aí, que não vai dar um chacoalhão em seu pai, que já está na hora da aula?

A menina correu para o quarto. Juca surgia à porta nesse momento, o suspensório caído, arrastando o chinelo.

— O que é isso? — perguntou com voz descansada e distante. — Que gritaria é essa? Parece que o mundo vai acabar!

Maria Rosa pôs as mãos nas cadeiras.

— Acaba. Não duvido muito! O que duvido que acabe é a sua pouca-vergonha!

O Feijão e o Sonho 15

2.

JUCA VOLTOU DO QUINTAL POUCOS MINUTOS DEPOIS, a escova de dentes e o sabonete na mão, o cabelo caindo na testa, procurando a toalha.

— Por que não levou antes? Pelo menos não molhe o chão, criatura! Já não chega a porcariada que as crianças fazem, vem você também! Arre, que inferno, minha Nossa Senhora! A escola já não dá mais nada! Os pais estão tirando os filhos! Que você não sabe ensinar, que você não liga, que a escola é um relaxamento. Só ficam os que não pagam. A gente que viva de brisa! E eu que me arrume, se não quiser que as crianças morram de fome! Só me falta sair por aí pedindo esmola!

O marido não respondeu.

— Não enxugue as mãos aí, homem! Não vê que isso é toalha de mesa?

— Está bem, está bem, Rosinha. Não é preciso também zangar por uma coisa dessas...

Quis ser útil:

— Olha o Joãozinho mexendo no açucareiro.

Maria Rosa voou para o menino.

— Eta criança desesperada!

Deu-lhe dois ou três tapas na mão.

— Largue daí, menino! Parece que tem lombriga! Não há açúcar que chegue! Eu nunca vi! Nem formiga!

E entre nova ameaça ao filho e a entrega da toalha ao marido:

— Nem sei por que milagre o senhor "Dão" conseguiu reparar nos malfeitos do filho! Você vive sempre no mundo da lua!

Sorriu irônica, chanfrando-lhe no rosto o supremo sarcasmo do seu estoque:

— Com certeza não estava precisando de rima, dessa vez...

Gritou para dentro:

— Anita?

— Senhora?

— Traga o café, a tigela e o pão, que seu pai tem que ir dar aula!

— Sim-senhora!

— Traga já, senão os meninos vão embora. Eles já estão cansados.

Levou as mãos à cabeça.

— Ih! Meu Deus! Esqueci de pôr o feijão no fogo.

Correu para a cozinha — "nem palito de fósforo a gente tem nesta casa!" — pegou o caldeirão — "me traga um balde de água, Anita!" — soprou carvão longo tempo, reapareceu na sala de cadeiras de palha, limpando a mão no avental.

O Feijão e o Sonho 17

— Eta homem descansado, minha Nossa Senhora! Nessa marcha, nós acabamos milionários, é capaz até dó Zé Barriga começar a fiar outra vez...

— Mas, Rosinha — falou o marido —, você precisa ter um gênio mais calmo...

— Eu sei! É só para o que você presta. Gênio mais calmo! Como se eu pudesse viver despreocupada com esta vida. As crianças cobertas de trapos, eu sem vestido pra sair, carne, quando Deus é servido, açougueiro mandando cobrar todo dia, vendeiro dizendo que não fia mais, a vizinhança falando, a vila toda metida na vida da gente, e essa escolinha aí, que você não sabe dar jeito...

— Como não sei, criatura? As crianças estão progredindo... Não viu o Haroldo? Esse menino é um talento... Eu nunca vi uma inteligência tão viva, tão precoce... Esse menino vai longe...

— Só se for sozinho... Com você, eu duvido!

— Mas, Rosinha, você precisa ser mais cordata, ter mais espírito de justiça... Eu faço o que posso...

— Menos acordar na hora, não é? Faz meia hora que as crianças estão esperando que o professor se lembre de deixar a cama... os braços de Morfeu, não é? — como você diz nos seus versos...

— Não diga isso, meu bem — falou o marido afastando a tigela e enxugando os lábios com a costa da mão que era ainda o guardanapo mais barato.

E sorrindo:

— Desafio você a encontrar em qualquer livro escrito por mim referência aos braços de Morfeu...

— De Morfeu, talvez não, mas de quanta vagabunda aparecer...

Juca achou graça:

— Você é impossível, Maria Rosa.

E outra vez serviçal:

— Olhe, o Joãozinho está fazendo pipi embaixo da mesa.

— E por que deixa? A culpa também é sua... Por que não agarra ele pelo braço, não dá uns petelecos, não faz alguma coisa?

O professor obedeceu.

— Joãozinho, venha cá, meu filho. A mamãe já não disse tantas vezes que você não devia fazer pipi no chão? Seja bonzinho, ouviu? Não suje a casa. Olhe que ela tem tanta coisa a fazer, tanto trabalho, e vocês vêm atrapalhar a coitada...

Maria Rosa, que enxugara a tigela e passava o pano pela mesa, tirando os farelos de pão, irrompeu:

— Bonita maneira de educar. Uma criança de três anos entende, mesmo, um sermão desses... Criança entende é puxão de orelha, ouviu? Vá, pelo menos, buscar um pano, enxugue o chão.

— Ora, minha filha, eu não posso... Sei lá onde é que você esconde os panos de limpeza... E depois a classe está esperando...

— Tá bem. Vá, vá... Não amole. É melhor assim.

E enquanto limpava o ladrilho alagado:

— Senão, com esse ar de fora do mundo, ele ainda era capaz de limpar a mijada com a toalha da mesa ou com a colcha do casamento...

O Feijão e o Sonho 19

3.

— VOCÊ TROUXE A COMPOSIÇÃO, HAROLDO?

— Trouxe, professor.

— Deixe ver.

Juca, aliás José Bentes de Campos Lara, Campos Lara *tout-court*, como era conhecido nos meios literários, tinha especial predileção por aquele garoto vivo, inteligente, de sensibilidade aguda, verdadeira vocação para as letras.

Recebeu a composição. Ia começar a leitura, quando se lembrou.

— Ah! sim, vamos fazer a chamada.

Tocou a procurar a caderneta. Na gaveta não estava. Entre os exercícios da véspera, também não.

— Alguém tirou a caderneta daqui?

Gritou para o interior.

— Maria Rosa, você viu a caderneta?

— Que caderneta? A da venda?

— Não, mulher, a da classe. Desapareceu da minha gaveta.

Maria Rosa apareceu.

— É isso. Como é que a classe há de ir por diante? Nem o livro de chamada você sabe onde está. Olhe ali: não é aquele?

Estava embaixo de um maço de provas, numa carteira desocupada, ao fundo. Entregou a caderneta ao marido, retirando-se.

— Dez horas, e nem a chamada está feita.

Juca arrumou os óculos, grave e professoral.

— Antônio da Silva Leme.

— Presente.

— José Lima.

— Não veio.

— Luís Cardoso.

— Está doente.

— João Gomes.

— Está na fazenda de seu Chico.

— Sebastião Silva.

O garoto quieto.

— Sebastião Silva!

Silêncio.

— Bastião!

— Senhor?

— Você não veio?

— Vim.

— Então por que não responde à chamada?

— Presente!

— Você precisa prestar mais atenção!

— Sim, fessô.

O Feijão e o Sonho 21

— Por que é que não veio ontem?

— Eu se esqueci.

— O quê? Esqueceu o motivo?

— Esqueci que tinha lição.

Juca sorriu.

— Bom sistema. Para outra vez, se faltar por esquecimento, zero no fim do mês.

— Sim, fessô.

A chamada continuou. Trinta por cento apenas comparecera. Juca não deu pela história.

— Vamos ver o seu trabalho, Haroldo. Qual é o tema?

— "O amanhecer".

— Não. Não quero essas descrições sem interesse. Faça coisa sua. Escreva o que sente, o que vê. Nada de imitar essas velharias. Olhe aqui: "Erguia-se o sol na fímbria do horizonte". Isso é horrível, meu filho. Não há quem não tenha dito isso até hoje. Ih! Não! Isso não serve. Essa história de galos cantando, galinhas cacarejando, gado mugindo, cavalos rinchando, trabalhadores seguindo para a roça, isso é muito velho. Bom, aqui está uma observação mais sua. As galinhas pulando, para catar comida, para procurar vermes na barriga das vacas...

Lembrou-se de que a classe estava sem serviço. Dirigiu-se para a pedra. Passou uma longa conta de multiplicar que os distrairia por meia hora, pelo menos.

— Vão fazendo essa conta. Quero muita atenção. Quero ver quem é que consegue fazer sem um erro, ouviram? Sozinhos... Nada de fazer perguntas. Dez para quem acertar.

— Fessô, eu ainda não estou em multiplicar. Estou em soma — disse o Bastião.

— Está bem. Vou passar uma conta para você.

Encheu a pedra de vinte ou trinta parcelas.

— Vamos ver se você é capaz de fazer a soma bem direitinho, ouviu? Se acertar, dez. Mas não comece a me fazer perguntas. Senão, não tem valor...

— Sim, fessô. Mas eu não sei quanto é oito mais nove.

— Sabe, sim.

— Eu já se esqueci...

— Então procure na tabuada.

— Posso olhar?

— Pode.

— E se eu fizer certo, o senhor me dá dez?

— Dou.

— Eta vida! Assim eu posso ir no circo... Mas o senhor conta pra mamãe?

— Conto. Se não me fizer mais perguntas. Quero ver se você é capaz de trabalhar sozinho.

O pretinho começou a copiar os números, molhando o lápis na boca.

— Ih! meu filho, não me compare mais rio com fio de prata! Isso é um lugar-comum vergonhoso! Você precisa buscar imagens novas, suas...

O Feijão e o Sonho 23

4.

MARIA ROSA VEIO AVISAR.

— Pode soltar os meninos. Tá na hora do recreio. Venha almoçar.

— Podem sair, meninos.

Uma algazarra encheu a sala. Livros, cadernos pelo ar. Gritaria. Vivas. O Quinzinho saiu fechado para cima do Jonjoca.

— Agora tu me paga, torresmo derretido! Quem é que é burro?

— É você!

— É a mãe!

— A sua!

— Xingamento de mãe eu não consinto!

— Você me xingou primeiro!

— Mas eu xinguei foi você, não foi a mãe!

— Mas me xingou, é o mesmo que xingar a minha mãe. Se eu sou burro, o que ela é?

— A mãe!

A classe caiu na gargalhada. Os dois se agarraram. Cabelo puxado, mordidas, cuspe na cara.

— Não vale cuspir!

— Cuspo, sim! Você puxou o meu cabelo!

— E você me mordeu!

Os outros atiçavam.

— Aí! Pega! Esfola! Dá na creca dele! Aí, Jonjoca! Senta a mão na nuca, Quinzinho.

Campos Lara veio ver o que era. Apartam-se os combatentes. Os dez ou doze garotos emudecem.

— Que foi? Que barulho é esse?

Ninguém respondeu.

— O que foi, Haroldo?

— Eu não reparei, professor...

Campos Lara gostou da discrição do aluno predileto.

— Era você, Quinzinho?

— Não, fessô, foi o Jonjoca que tava enjerizando a gente.

— Enjerizou por quê?

— Me xingou na aula, eu fui tomar satisfa...

— Não é satisfa que se diz, menino. É satisfação...

— Pois é. Ele amolou eu, eu fui vê se ele sustentava...

Jonjoca pulou para se defender.

— É mentira, fessô. Ele é que véve...

— Véve, não, vive...

— Pois é. Ele é que vive inticando com a gente. Eu chego na aula, antes do senhor chegá, ele começa com provocação. Hoje, o Quinzinho pinchou tudo quanto era caderno meu no quintal.

O Feijão e o Sonho 25

Campos Lara ficou sério.

— Venha cá, Quinzinho. Está certo o que ele disse?

— É tudo mentira. Não foi assim.

— Não é isso o que eu pergunto. Está certo o que ele disse? É *pinchar*, que se diz?

Quinzinho embatucou.

— Não sabe, não é? Pois em vez de estarem aqui brigando, vão para a classe estudar.

Abriu o livro de leitura, escolheu a lição mais longa, e mandou-os que a ficassem copiando durante o recreio.

— Letra boa. Bem caprichada. E se tornarem a brigar, ficarão de castigo depois da aula, por duas horas.

Lançou um olhar sério sobre os garotos compungidos.

— Tire o dedo do nariz, Bastião. Isso é muito feio.

E para a classe toda:

— Não é pinchar que se diz, é jogar, atirar, lançar...

26 *Orígenes Lessa*

5.

CAMPOS LARA VEIO SENTAR-SE À MESA, PREOCUPADO, serviu-se, ficou a tamborilar, distraído, com os dedos na tigelinha d'água. O último copo fora-se.

Maria Rosa observava-o, na sua atitude permanente de combate.

— Você não come?

— Hein?

— Não quer almoçar?

— Quero. Já vou. As crianças não vêm?

— Já comeram. Então você acha que elas iam perder um banquete destes?

E recitando, mordaz, um dos pecados da mocidade do Juca:

Luculo, à mesa opípara, os convivas
Num ágape festivo congregara...

O Feijão e o Sonho 27

— Por favor, Rosinha! Não me venha com isso. Ainda mais, com esse livro horrendo...

— Pois ouça: é o que eu mais aprecio! Você descrevia tantos banquetes, tantos palácios, tanto luxo, tantos tapetes orientais... que eu me esqueço do feijãozinho sem carne...

— Ué! Você não comprou carne hoje? Por quê?

— Quem sabe se o seu doutor me deu dinheiro, não? Você pensa que carne de açougue é como a carne de Cleópatra, que você pode usar à vontade, quantos quilos queira?

— Mas você podia tirar na conta...

— Na conta... Boa ideia... Isso se a gente tivesse...

— Mas nós temos conta no Benoni...

— Temos. A pagar. Três até. De julho a setembro... Todo dia ele manda lembrar...

— Mas então nós não pagamos?

— Pagamos. A de junho.

— Eu não sabia...

— Não sabia? Não se faça de santinho. Todo dia eu aviso...

— Pois é, mas a gente tem tanta coisa em que pensar...

— Um homem tão ocupado, pobrezinho...

— Ocupado, sim-senhora...

— Eu sei... Em fazer versos...

E estourando:

— Mas quando é que você há de abrir os olhos, criatura? Você não poderá, pelo menos pra variar, sair do mundo da lua, cair na realidade, no feijão duro? Olhe, o feijão está esfriando. Coma, pelo menos...

— Já vou.

— Você precisa compreender, Juca, que nós estamos num mundo diferente, que o açougueiro não se paga com versos...

Campos Lara recomeçou a tamborilar na tigelinha d'água. Estava se lembrando, com tristeza, da humilhação a que descera. Com o seu nome, com a sua sensibilidade, com seis livros publicados, ele chegara àquele extremo... Doía. Era a suprema vergonha da sua vida. Fora pouco depois da publicação de *Flocos de espuma*. A imprensa tinha falado largamente. Os críticos do Rio de Janeiro tinham-no proclamado o maior poeta da geração, a mais alta expressão da poesia paulista, o paulista diferente. "E vem da terra das bandeiras, das fazendas arrumadinhas de café, do dinheiro onipotente, da pátria das máquinas, do paraíso dos corretores materialistas, do homem imediatista, insensível e frio, este poeta de sensibilidade estranha e nova, este revalorizador das forças espirituais", escrevera um crítico. E fora logo depois de *Flocos de espuma*, num daqueles dias em que os seus poemas eram recitados por toda gente, quando chegavam à sua casa, dos confins do país, cartas de louvor, pedidos de autógrafos, que ele, Campos Lara, sofrera aquele golpe doloroso. Sim, aquele portuguesão estúpido, aquele javardo, aquele filisteu sem entranhas, aparecera-lhe em casa, sorridente, embrulhado num avental sujo de sangue, do sangue de dois anos de açougue.

— Bom dia, doutor.

Campos Lara encolhera-se.

— Bom dia. Eu... eu ia até procurá-lo... O negócio do dinheiro...

Mas o português fizera um gesto amável. Não. Não tinha vindo por causa do dinheiro. Sim, o atraso era grande. Ele não costumava deixar atrasar mais de dois meses, o senhor compreende... A gente não se estabelece pra perder dinheiro. A carne está cara. Não dá margem. Na profissão ninguém fazia dinheiro. Enriquecer? Só roubando. Ele não roubava não, seu doutor. O peso dele era rigoroso. Não notara? O senhor devia ter notado. O quilo dele tinha mil gramas, nem mais nem menos. Ele não usava peso falso. Não era italiano. Italiano é que não tem vergonha. Italiano só apareceu para desgraçar o Brasil. Não viu como o Rebizzi, com aquele açougue indecente, estava se enchendo? Era capaz de acabar comprando automóvel. Mas como? Ora que dúvida, seu doutor! Roubando. Com o perdão do termo, roubando. Então quilo de oitocentos gramas não era roubar? Ou muito se enganava, ou era uma pouca-vergonha. Mas ele não, graças a Deus. Graças a Deus tinha consciência. Pediu carne de primeira, recebe carne de primeira. Pediu filé, vem filé. Pediu patinho, vem patinho. Colchão mole, colchão mole. E não carregava com osso. O senhor não tinha notado?

— Eu não reparo muito...

— Mas sua senhora deve ter notado. Mulher olha mais essas coisas. É natural, não é, doutor? Mulher é para esses serviços. Pra que é que a gente quer mulher? Pra olhar a casa, pra limpar, pra arrumar, pra não amolar muito. Eu cá sou assim. Mulher não vem com muita besteira, que eu mostro logo o lugar dela. Fogão, ora essa! Vá temperar o caldinho, não me estrague a bacalhoada! O doutor faz muito bem. Mas pode perguntar à sua senhora. Osso, vem, está claro. O animal não é só de carne, infelizmente. Assim fosse... Mas não é. Osso tem que vir. Mas em proporção, não acha? Eu não sou como o Rebizzi, isso não...

Parou. Respirou. Ajeitou o gorro.

— Ó! diabo! O doutor me desculpe... E tirou o gorrinho, respeitosamente.

— Olhe, doutor, eu vou direto ao meu fim. Como já lhe disse, não é pelos três meses. Eu sei que o doutor acaba pagando. Sei que é uma pessoa de confiança, não é desses sem-vergonhas que andam por aí e que, além de não pagar, ainda saem dizendo que português é burro. Burro é a mãe, com o perdão da palavra. Mas eu não vim aqui por causa da dívida. Pagando alguma coisa por conta, até o dia 15, está muito bem. Eu vou fornecendo...

— Muito obrigado.

— Mas, como ia dizendo, eu vinha lhe pedir um favorzito, que o doutor não me há de recusar...

— Pois não...

— Trata-se do seguinte, doutor. O doutor é poeta, não é? Campos Lara sorriu constrangido.

— Faço aí uns versinhos...

— Qual versitos, doutor! Eu sei, eu sei. Até outro dia eu vi um elogio no jornal, quando ia embrulhar a carne. Tinha o seu retrato. Eu até guardei. Contei à freguesia que o doutor era poeta. Estava um pouco atrasadinho, é verdade, mas que era um homem sério, lá isso era! E olhe, seu doutor, eu gostei dos elogios. O jornal está lá em casa, pra quem quiser ver...

O Feijão e o Sonho 31

— Obrigado...

— E foi por isso que eu vim incomodar o doutor...

— Não é incômodo...

— Obrigado, doutor. Eu podia recorrer a qualquer outro. O senhor sabe que poetas não faltam. Eu podia pedir a qualquer vagabundo que me fizesse uns versitos... Mas eu não sou desses. Poesia, eu quero-a bem-feita, por quem saiba fazê-la...

Campos Lara esfriou.

— E...

— E eu queria que o doutor me fizesse uns versitos de propaganda da casa.

E diante da hesitação do poeta:

— Não. Não pense que vim me prevalecer da situação, doutor. Eu pago. Eu pago. Posso até descontar aí na conta...

Quis esquivar-se. Não houve jeito. Conseguiu apenas que o português dispensasse a assinatura. "Não tem importância, doutor, os bons versos sabe-se logo quem os faz!"

Pobre Campos Lara!

> *Carne boa, de primeira,*
> *Para a janta e para o almoço,*
> *Só a vende o Açougue Ceuta,*
> *Peso bom, quase sem osso...*

Era doloroso! Oito quadras nesse gênero. À tarde, o pagamento do homem: um quilo de filé bem pesado...

Súbito, Maria Rosa levantou-se indignada:

— Coma pelo menos, criatura! Se não quer prestar atenção no que a gente diz, se quer fingir que não ouve, pelo menos coma! A comida está fria e eu não vou esquentar outra vez...

Campos Lara ergueu-se atarantado, os olhos perdidos.

— Não, hoje estou meio sem apetite. Por sinal que está na hora da aula... Quedê a campainha, hein?

6.

ACABARA A CLASSE HAVIA MUITO. Juca não aparecia.

— Quedê seu pai, Irene?

Sem deixar o bolo de terra, que estava enfeitando com palitos de fósforos, Irene — "não me estrague o bolo, Joãozinho, senão você apanha!" — informou:

— Está na sala, mamãe. Eu acho que ficou algum de castigo.

Mania de deixar os meninos de castigo! Só para dar amolação. Isso, quando Juca não vinha sorrateiramente ver se encontrava alguma comida, algum agradinho para consolar, principalmente quando se tratava do Bastião, um burrinho daquele, que não pagava nada — quase que só tinham ficado os caronas — e que Juca descobrira quase não ter o que comer em casa. Por gosto do marido, o negrinho viria almoçar e jantar com eles. Tão fácil, havendo fartura...

Foi ver. Estava o Haroldo. Então o Haroldo também acabara dando pra vagabundo? Maria Rosa sorriu, vingada. O ma-

34 *Orígenes Lessa*

rido tanto gabava o talento daquele menino, elogiava-o tanto, que ela acabara embirrando.

— Só pode dar algum coisa à toa... Não dá nada... Criança muito estudiosa dá em droga, quando não acaba tuberculosa. Não viu o filho de dona Generosa? Ficou até corcunda, de tanto estudar... Filho meu, eu prefiro que seja burro, contanto que preste para o trabalho, que saiba ganhar dinheiro, que não precise viver de esmola, devendo pra Deus e todo mundo...

E com uma alegria interior, que os olhos e as palavras não escondiam, Maria Rosa festejou o acontecimento:

— O que é que houve, meu Deus? Até o Haroldo está degenerando? Como é isso? Não soube a lição?

— Não — explicou o marido. — Eu estou dando umas lições particulares. Na classe, com a barulheira dos outros, não é possível.

A mulher fez um "hum" de quem entendera tudo.

— Garanto que está ensinando metrificação...

Juca negou, desapontado.

— Não. Ele é um pouco fraquinho em aritmética.

Ela se aproximou, inquisitorial.

— Deixe ver a conta. Quem sabe se eu posso ajudar.

E leu alto, cortante e mordaz:

Versos de sete sílabas ou de redondilha maior:

Oh! que saudades que eu tenho
Da aurora da minha vida,

Da minha infância querida
Que os anos não trazem mais!

Versos de oito sílabas, acento na quarta e na oitava.

E o exemplo. "Versos de nove, acento na quinta e na última. Versos de 10... Hendecassílabos, alexandrinos..."

Encarou, séria, o garoto:

— Ouça, menino, aprenda a carpir café, trate de saber qual é o tempo melhor pra plantar feijão... ou batata. Verso não enche barriga.

E rudemente, para o marido:

— É por isso que a escolinha não vai adiante. Você já está desmoralizado como professor. Em vez de ensinar coisa que preste — ler, contar, letra boa —, você estraga os meninos. Todos os pais estão mandando as crianças para a escola pública, porque você não ensina coisa que se aproveite.

— Hein? Eu?

— Você mesmo. Dona Generosa quando tirou o Bentinho disse a mesma coisa. Por gosto seu, você transformava toda a molecada da vila em poetas, até o Bastião...

— Ora, Maria Rosa, não diga bobagem. Isso é só com o Haroldo. E nem sequer é na aula. É depois. Ele nasceu poeta. É uma vocação...

Maria Rosa olhou para o garoto, desta vez com pena:

— É sério?

O menino sorriu, modesto. Campos Lara exaltou-se.

— Pode estar certa, Rosinha. O Haroldo tem escrito coisas notáveis para a idade dele, para o meio em que tem vivido. Eu tenho dito sempre a você. Falta técnica, naturalmente, falta vocabulário, mas isso é questão de tempo, de leitura. Você quer ver uma poesia dele?

— Não, obrigada. Chegam as suas. Poeta nós já temos em casa, graças a Deus...

E saindo da sala:

— É mais um pra passar fome.

7.

O QUE JUCA LAMENTAVA, EM CAPINZAL, ERA A FALTA DE COMPANHIA. Pobreza, pouco lhe importava. Sempre fora pobre. Luxo, conforto, pouco se lhe dava. Nunca dera atenção a essas pequeninas misérias. Em seus sonhos de futuro e de felicidade nunca entravam os imediatismos da vida presente. Jamais comprara um bilhete de loteria, menos por pessimismo que por desinteresse. Fazer o quê, com dinheiro? Só se fosse para adquirir aquela edição de luxo das *Flores do mal* que vira numa livraria em São Paulo ou aquele grupo de marfim, maravilha de arte chinesa que remontava ao quinto século e pelo qual lhe tinham pedido a ninharia de seiscentos mil-réis. Passara meses com aquele tesouro a povoar os seus sonhos. E por um triz que não lhe ficara pertencendo. Ao receber os três meses de ordenado que lhe devia o jornal, em São Paulo, saíra correndo, com medo que o judeu do belchior o tivesse vendido. Felizmente São Paulo era uma terra de filisteus materialões. A joia era dele. Trêmulo de emoção, levou-a para casa. Na festa

38 *Orígenes Lessa*

da posse, chegou quase a mostrá-la à mulher. Mas recuou em tempo. E trancou-se no escritório humilde para contemplar o tesouro que já lhe merecera um poema e que lhe fervia agora no cérebro, numa nova obra de arte. *Sabedoria...*

> *Encerras quinze séculos de sonho*
> *No lavrado sutil das tuas linhas...*

Mas a esposa irrompera na sala e surpreendera-o a querer esconder, como um escolar colhido em falta, o objeto do crime.

— O que é isso, Juca?

— Nada...

— Nada? Então deixe ver...

— Não, é coisa sem importância...

— Mas deixe ver...

— Ora, uma coisa à toa...

E mostrou-lhe o marfim.

— Comprou?

— Na... não...

— Presente?

— Hein?

— Estou perguntando se foi presente...

— Não, por quê?

Ela farejou a verdade.

— O jornal pagou?

— Como?

— Estou perguntando se o jornal pagou...

— Ah! sim...

— Pagou?

— Bom... O ordenado deste mês? Nós ainda estamos no dia 15...

— Eu sei. Estamos no dia 15. Mas eu estou indagando se o jornal pagou os atrasados...

— Ah! bem... Pagou parte. Eu já tinha tirado parte... Uma porção de vales...

— Então me dê o dinheiro...

— Mas... mas você parece até que não tem confiança na gente... O dinheiro está aqui...

— Dê cá. Eu tenho mais de trinta contas a pagar.

Juca hesitou.

Ela estendeu a mão, enérgica.

— Passe os cobres. Eu tenho o que pagar...

Campos Lara meteu a mão no bolso, retirou algumas notas humildes.

— Só isso? Esperam três meses e só dão isso por conta? Mas é uma pouca-vergonha! Eu vou lá estourar com o doutor Sales! Isso é um desaforo! Foi só isso?

E penetrando pelos olhos do marido:

— Quanto você pagou por essa bugiganga?

— Por que é que você quer saber? Vocês nunca dão valor a essas coisas...

— Dou, dou... Quero saber...

Campos Lara quis desconversar.

— A Irene já tomou a mamadeira?

— Já.

— Não tossiu outra vez?

— Tossiu. Está tossindo, não ouve?

— Ah! é mesmo... Coitadinha... Eu vou ver se ela acordou...

Maria Rosa segurou-o pela manga.

— Vamos, Juca. Estou perguntando. Só por curiosidade... O dinheiro é seu, quem ganha é você. Faça o que entender... Mas eu tenho direito de indagar. Sou sua mulher...

Campos Lara estava preocupadíssimo com a tosse da filha. Não seria coqueluche? Não, podia ficar descansado... Mas pelo menos convinha comprar o xarope. Preparado de agrião, feito em casa, nem sempre adianta... Coitadinha da Irene!

Como se não ouvisse a mulher falar, dirigiu-se, em pontas de pés, para o quarto comum, onde estava a pequena.

— Quanto, Juca?

— Psssiu...

E fez-lhe sinal para que se calasse... Não convinha acordar...

Cada vez mais intrigada, já prevendo qualquer disparate do marido, Maria Rosa fincou pé. Queria saber. Se ele tivesse dado mais de dez mil-réis, com aquela miséria que andava pela casa, chegara a vez de explodir. Ainda na véspera o Juca lhe negara dinheiro — "Não tenho, o que é que você quer que eu faça?" — para um remédio de que a filha tinha urgência. Agora, mal pegava uns níqueis, paf! ia comprar uma inutilidade daquelas.

— Você vai sair?

— Vou, vou dar uma voltinha. A janta está longe, não está?

— Está. Mas você não podia dizer quanto pagou por essa estatuetinha?

— Estatuetinha? Você tem coragem de dizer isso? Isto é uma obra-prima, uma maravilha!

— Sim, mas quanto pagou?

— Nem sei, uma coisa à toa...

Ele já começava a ter remorso. Não era só questão de ponto de vista. De fato, tinha sido uma loucura. Eles não estavam em condições, nunca estariam, de empregar dez tostões, que fossem, em qualquer coisa extra. Tinham dívidas pelos cabelos. Faltava tudo em casa. Comida, roupa, remédio. O aluguel, atrasado. Continuavam de pé dívidas feitas com o casamento, que não se pagavam, que cresciam sempre. Maria Rosa teria razão em zangar-se. Mas como fizera um disparate daqueles? Dera-lhe uma espécie de loucura, ao receber o dinheiro. Sonhara tanto com aquele marfim, desejara-o tanto, que não resistira. Saíra correndo, trêmulo, ansioso, assustado, à procura do belchior. O homem consentira sem dificuldade, ao ver o dinheiro, em abater cinquenta mil-réis. Mas ainda fora um despropósito. Procurava justificar-se a si mesmo, dizendo que o dinheiro caíra do céu. Não contava mesmo com ele. Os credores, que haviam esperado até agora, podiam esperar mais um pouco. De mais a mais tinha promessa de umas aulas no Colégio Bom Jesus. Com aquilo arrumaria a vida, poderia tocar o barco. Estavam pagando três mil-réis por aula. Era alguma coisa. Seria uma boa ajuda. Talvez arranjasse, também, o lugar de correspondente do *Correio da Manhã*. O Mendes tinha prometido ver se dava um jeito. O jornal não estava contente com o Pedreirinha. Seriam pelo menos uns cem mil-réis todo mês, afora comissões sobre os anúncios conseguidos. Não era preciso procurar. Sobre todos os anúncios que aparecessem — o *Correio* era muito conhecido — teria comissão. O Mendes falara mesmo nuns quatrocentos ou quinhentos por mês. Era uma fortuna. E comprara. O diabo é que a Rosinha não concordaria. Mulher não compreende essas coisas. Mas Rosinha não precisava saber que o jornal lhe pagara. Pois ela não dizia, a todo o mundo, que o marido estava sendo roubado, que o jornal não pagava mesmo?

8.

APESAR DE SER APENAS DIURNO O SEU TRABALHO DE REDAÇÃO, Juca só reapareceu de madrugada. Nem viera jantar. Tinha ido ao jornal. O diretor pediu-lhe que traduzisse um artigo inglês sobre a situação econômica do Brasil em face da Argentina e a coisa se prolongara pela noite adentro.

Eram três horas. Campos Lara entrou pisando mansinho, para não acordar a esposa. Tirou a roupa cuidadosamente, conseguiu não deixar cair o sapato no chão, como de costume, e entrou, silencioso e sutil, debaixo da coberta.

— Então, seu moço, andou pintando?

— Eu?

— Sim. São horas de chegar?

— Eu estive ocupado, Rosinha. Você sabe que às vezes eles pegam a gente até tarde.

— Mas o seu trabalho não é de dia?

— Fale baixo, Rosinha. A Irene está dormindo.

— Pois que acorde, ora essa! Eu não pude ficar acordada

até agora, à sua espera?

— Ora, meu bem, não era preciso. Eu já disse que você não deve ficar preocupada. Vida de jornal é assim...

— Para os trouxas! Você pensa que eu vou nos seus carapetões, que sou idiota?

— Mas então você acha?

— Não acho coisa nenhuma! Acho que é um desaforo da sua parte! Eu não sou negra, para ficar aqui feito idiota enquanto o sinhozinho vai fazer das suas! Sai para dar uma volta, diz que vem jantar, e não aparece e nem avisa!

— Mas avisar como? Nós não temos telefone!

— Desse um jeito. O jantar ficou na mesa até oito horas...

— Eu jantei na cidade...

— Pra isso não falta dinheiro, não é?

— O diretor pagou. Eu jantei com ele...

— Você esteve mas é em algum teatro!

— Teatro? Ora, Rosinha. Todos os teatros estão fechados...

— Pior ainda. As atrizes são piores fora do que no teatro...

— Não venha com insinuações, Rosinha. Fale baixo, olhe a Irene... Você sabe perfeitamente que eu não vivo em pândegas...

— Não sei, não... Mas eu só queria saber o que você fez com o dinheiro do jornal...

— Eu não dei a você?

— Quarenta e cinco? Você recebeu só isso?

— Não, mas...

Pensando fazer ironia, Maria Rosa atalhou:

O Feijão e o Sonho 45

— Quem sabe se você quer me dizer que gastou o resto com aquela obra-prima?

— Pois é a pura verdade!

— O quê?

— É a pura verdade...

— Quanto você pagou?

— Quinhentos e cinquenta...

— Qui... qui...

— Quanto?

A mulher pulou na cama.

— O quê? Quanto?

— Isso mesmo.

— Quinhentos e cinquenta? Você está doido, homem! Você está doido! Eu não sou criança, não me venha com uma idiotice dessas! Quinhentos e cinquenta? Você está louco! Isso nem graça tem!

— Foi... eu juro...

Maria Rosa levantou-se, palpando no escuro, riscou um fósforo, acendeu o lampião, encarou o marido. Sombras enormes, incertas, brincavam pelas paredes, bailavam no teto.

— Você, então, gastou quinhentos e cinquenta com uma estatueta de gesso?...

— De marfim, mulher.

— De marfim. Sim. Quinhentos e cinquenta... Tem graça. Então o senhor meu marido, o milionário Juca, o ilustre milionário, pagou quinhentos e cinquenta bagos por uma estatueta de marfim...

Sorriu, com um sorriso mal-iluminado, cheio de sombras:

— Quinhentos e cinquenta! Ora, Juca, morde aqui... Quando você quiser encobrir as suas patifarias, invente outra história menos besta... Se você me dissesse que tinha pago dez eu já estava pensando que era caso de hospício... porque aquilo não vale nada...

— Não vale nada? É porque você não entende! Esse grupo vale pelo menos um conto de réis!

— Você não vai dizer que pagou um conto, pois não?

— Se eu disse que foi só quinhentos e cinquenta...

— Só?

E dessa vez Maria Rosa acreditou.

— Só? Só quinhentos e cinquenta? Com o aluguel por pagar, com todos os fornecedores na porta, sem dinheiro para um xarope, eu sem roupa para sair, com o homem dos móveis mandando recado toda semana, sem comida, sem nada, você joga fora quinhentos e cinquenta mil-réis como se fossem um tostão?

Levantou-se em camisola.

— Olhe, Juca, eu tenho aturado todas as suas loucuras, todas as suas manias, todos os seus desaforos, mas agora é demais! Isso passa de todas as medidas! Basta!

Avançou resoluta para o berço da filha.

— É demais!

Sacudiu a menina.

— Irene? Irene?

A criança chorou. Embrulhou-a nas cobertas. Foi para o guarda-roupa, tirou um vestido, começou a arrumar-se, atabalhoadamente.

O Feijão e o Sonho

— Onde é que você vai, Rosinha?

— Você vai ver já.

Calçou o sapato, jogou longe o chinelo.

— Basta! Basta! Isso nem tem classificação! Sim senhor! Quinhentos e cinquenta! Isso nem no hospício! Quinhentos e cinquenta! Nem que fosse pilhéria! Não chore, menina! Que inferno, meu Deus! Você apanha, Irene!

— Mas, Rosinha...

— Saia daí, homem!

— Mas pense um pouco...

— Pense você! Quem sabe se você pensa que eu estou disposta a aguentar este inferno a vida inteira! Quinhentos e cinquenta! Desaforo! De-sa-fo-ro!

Atirou aos pés da cama o cobertor.

— Cale a boca, menina!

— Mas, Rosinha, eu não compreendo...

— Você vai compreender...

— Mas onde é que você vai a esta hora?

— Vou pedir esmola, ouviu?

— Mas você está doida...

— Estou. Ou vou ficar... Na sua companhia, só ficando doida!

Agarrou a filha.

— E passe bem, ouviu?

— Mas você...

— Vou pra casa de papai, entendeu? Vou de uma vez para sempre. Chega! Chega! Cansei de aturar! Outro dia papai me disse que se eu quisesse podia viver com ele. Eu recusei. Tinha vergonha. Pois olhe: mais vergonha é continuar aqui!

— Mas, Rosinha...

— Que mas, nem mané mas... Chega!

E saiu do quarto.

Juca, em ceroula, acompanhou-a.

— Pense no que está fazendo, Rosinha. Pense um pouco. Não é caso para uma coisa dessas. Não tem propósito. São quatro horas da madrugada. Isso não é hora para você sair de casa. Inda mais com a menina, que está doente... Veja o que vai fazer...

Maria Rosa estava começando a ver.

— Visse você antes, primeiro. Você onde é que tem a cabeça? Agora aguente as consequências!

Tropeçou numa cadeira. A menina recomeçou a chorar.

— Olhe, Maria Rosa, pense na Irenezinha. Você não pode fazer isso. Olhe, a tosse começou outra vez.

— Agora você ouve a tosse, não? Mas pra comprar um xarope não havia dinheiro. Dois mil-réis não havia... Mas havia...

Acometeu-a um acesso de fúria. Atirou a menina no berço.

— Mas havia quinhentos e cinquenta — quinhentos e cinquenta! — para essa porcaria! Só estrangulando um idiota desses!

Deu um pontapé no cobertor.

— Quinhentos e cinquenta! Onde é que você comprou isso?

— No... no Silver...

— Naquele judeu da Quintino Bocaiúva?

— Sim.

— Pois olhe. Ou você devolve essa droga amanhã cedinho, a primeira coisa, ou eu saio daqui para sempre.

— Mas... mas devolver como?

— Devolvendo!

— Mas é impossível! A compra está feita!

— Pois desfaça!

— Mas é um absurdo! É uma operação comercial! Comprei, está comprado! Nem ele aceita devolução.

— Pois de duas, uma: ou você devolve, ou eu saio daqui...

— Mas é impossível, Rosinha!

— Você não vai, não é? Pois vou eu!

Campos Lara parecia sob os escombros de um terremoto. Como é que não passava pelo cérebro de Rosinha que compra era compra, que era vergonha, humilhação, absurdo devolver o objeto? Como é que podia escapar a todas as mulheres a noção das conveniências, do lugar das coisas, querendo que ele fosse fazer aquele papelão? Ou pior ainda, como é que tinha ela por ele tão pouco respeito, consideração tão pequena, a ponto de querer cobri-lo de ridículo, indo humilhar o seu nome, tratá-lo como a um irresponsável, procurando o judeu?

Não, ela não faria isso, pensaria melhor.

E como Rosinha parecesse acalmar-se, indo à cozinha fazer um pouco de açúcar queimado para diminuir a tosse da criança, cansado, adormeceu. Acordou pelas dez horas. Notou, pelo ar triunfante da mulher, que algo de anormal acontecera. Acontecera mesmo. Ela salvara quinhentos mil-réis.

No fundo, ele achou melhor assim.

9.

SIM, DOÍA MAIS, NAQUELE EXÍLIO, A FALTA DE COMPANHIA.

Com quem trocar ideias. Com quem falar, Capinzal era um deserto. Havia a farmácia, onde à noite se reuniam os maiorais da terra, para os mexericos de sempre. Era conhecida por Bigorna. Lá se malhava, de rijo, na vida do próximo. A vendinha do Ribas, que gozava dos foros de bar, também reunia o seu grupo, espalhado pelos caixões de querosene. Duas cadeiras, apenas. Mas os fregueses tinham direito a sentar-se também nos sacos de feijão ou de arroz. O Ribas só não consentia que sentassem no de batatas.

— Batata estraga! Sente no de arroz.

E orgulhoso:

— É arroz de primeira!

Fora disso, não havia conversa. E que tristeza! Não se podia falar de um livro, não havia com quem comentar uma peça de D'Annunzio, a quem recitar um poema de Baudelaire ou de Albert-Samain. Uma terra incrível. Os mais cultos chegavam a Olavo Bilac, a Vicente de Carvalho, a Amadeu Amaral, mas através de versos transcritos nos almanaques distribuídos pela Bigorna, o do Elixir Lemos, o do Cura-Tosse, o de um poderoso antiluético* popular em todo o país.

Quando chegara a Capinzal, iludira-se com Chico Matraca, o advogado da vila, rábula ativo e malandro, que o saudara na inauguração da escolinha.

— Agora tem-se com quem conversar — dissera o Matraca. — Isto aqui é uma terra miserável. Uma gente ignorante, embrutecida, cretinizada. Ou se fala da vida alheia e da próxima safra de café ou de milho, ou a língua enferruja. É um horror, meu amigo.

Mas o Chico revelou-se logo. Tinha apenas a esperteza rudimentar necessária a um rábula da roça. Não lera coisa nenhuma. Dizia *epitéto, boemía, périto* e *de maneiras que.* Seu latim só chegava ao *dura lex sed lex,* com que terminava todos os arrazoados e embaía os roceiros humildes. Em poesia nunca fora além do "Vozes d'África":

— Deus, ó Deus! Onde estás que não respondes?

Em literatura, só admitia Perez Escrich.

Tendo-lhe caído nas mãos *A vida de Jesus,* de Renan, escrevera para um jornal de Porto Feliz um longo artigo, defendendo a fé.

"Leia o ilustre escritor francês as páginas magistrais do *Mártir do Gólgota,* de Perez Escrich, o sublime escritor penin-

----
* Contra sífilis. (N.E.)

sular, cuja pena de ouro tantas maravilhas legou às gerações porvindouras, e verá quão diferente do que imagina foi a vida do Mestre!"

Ao falar-lhe certa vez em Wilde, o rábula não se mostrou ignorante do assunto. Mas não o lia.

— O tal indecente, não é? O tal que dormia com homem? Eu sei... Não. Não leio essa gente.

Não suportava Machado de Assis.

— Dizem que é um mulatinho, se não me engano. Olhe, eu vou ser franco: negro não vai comigo. Eu até hoje acho que a maior besteira da Princesa Isabel foi assinar a Lei Áurea. Negro é pro guatambu e pro bacalhau, não é para escrever livro. Isso até é desaforo!

Tinha ouvido dizer que Medeiros e Albuquerque dera um desfalque no tesouro. Rui Barbosa era outro coisa à toa. Falava bem, é verdade, conhecia os clássicos. Mas não passava de um ladrão. Quando foi Ministro da Fazenda embolsou não sei quantos mil contos. O Bilac tinha os seus versinhos, não negava. Mas diziam que andava podre de sífilis. Era verdade que o Vicente de Carvalho tinha só um braço? Quantos quilos pesava o Oliveira Lima? Até era indecente aquela gordura, não achava? Aquilo devia ser doença... Dizem que os livros do Amadeu são todos plágio.

— De quem?

— Não sei. Mas dizem que é...

Algumas respostas atravessadas de Campos Lara, a insopitável repulsa que lhe inspirava a palavra pequenina daquele

O Feijão e o Sonho 53

homem, provocaram logo um estremecimento entre ambos. Cumprimentavam-se friamente. E pelas costas o Matraca não perdia ocasião de dizer que Campos Lara nem por isso era lá essas coisas para ser tão convencido, para pensar que era mais do que os outros.

— Fez meia dúzia de versos e pensa que tem o rei na barriga...

10.

EMBORA SOUBESSE ESTAR GANHANDO FAMA DE LOUCO, o poeta gostava de sair sozinho pelo campo, ao cair da tarde. Capinzal tinha arredores lindíssimos. A estrada que levava à Fazenda Santa Anastácia, de areia muito branca, tinha, a dois quilômetros da vila, uma gameleira majestosa, paraíso dos pássaros. Sabiás, soldados, bigodinhos, tesouras, juntavam-se aos bandos, saltitando festivos pela ramada imponente. Uma orquestra soberba.

Todas as tardes saía, distraído, distante, raras vezes reparando no "bastarde" amigo dos caboclos, em busca da velha gameleira orquestral. E ficava horas seguidas — "esse seu Juca anda meio gira..." — ouvindo os pássaros, olhando o céu, onde as nuvens corriam, acarneiradas, delibando a paisagem sempre nova, de colinas verdes ao longe, que a noite lentamente ensombrecia.

Que delícia, aquelas horas boas de silêncio e de paz. Ainda não era noite e já estrelas pálidas surgiam às vezes, com pressa de se mostrar, faceirando no céu.

O Feijão e o Sonho

Pelas encostas macias, gado manso punha uma graça pastoral de idílio antigo. Sapos, pelos charcos invisíveis, falavam inutilmente de amor às estrelas distantes. E Campos Lara se reconciliava com o exílio. Doçura, suavidade. *Deus nobis haec otia fecit.* Como era bom não fazer nada!

Voltava depois, já noitinha.

Uma solidão que as untanhas longínquas pontilhavam de melancolia. A areia lhe fugia aos pés. Folhas caídas, os ruídos mais leves ganhavam colorido e vida na tristeza da noite. Pássaros-pretos erguiam-se num voo assustado. Uma lagartixa passava correndo. E músicas estranhas, harmonias íntimas que cantavam sutis.

— Noite!

Um estremeção.

— Boa noite.

Era verdade. Esquecera a janta de novo. Era preciso correr. E cheque-cheque, pela areia branca, apressava o passo.

Aquele dia ele se deixara ficar mais que de costume. Perdera mesmo longo tempo, esquecido dos pássaros e do céu, embaixo da gameleira copada e repousante. Olhando o quê? Ouvindo o quê? Cismando à toa, saudoso de São Paulo, do seu meio, dos seus amigos. Lá é que era vida. As palestras infindáveis, pelos cafés boêmios, depois de fechado o jornal, alta madrugada. O contato com os rapazes recentemente ingressados na imprensa, ricos de ingenuidade, milionários de sonho, vendendo alegria e versos, nesse primeiro entusiasmo inaugural da mocidade, no qual, desiludido e cansado, ele se renovava.

Quase sem estímulo já, vencido pelos contratempos caseiros, pela falta de agasalho no lar, amargurado pelos choques e esbarrões da realidade cotidiana, ele reencontrava coragem para o trabalho na admiração quente e boa dos meninos que lhe perguntavam pelos versos, que lhe recitavam poemas, e indagavam, com tanto interesse, do que estava fazendo.

Havia anos a amargura enchia os seus versos. Amargura estilizada, adoçada em renúncia, mas que lhe velava a pobre voz. Era o poeta da realização inútil, da realidade que devora, do sonho que se torna fel ao alcance da mão.

Para ele, a glória e a força estavam na mocidade. Com a sua capacidade de sonhar, com a sua candura criadora, com a sua inexperiência do sonho que se toca, do impossível que se atinge.

Ao contágio daquela boa febre, Campos Lara sentia-se moço, renovado. E começava a escrever. E os projetos fervilhavam.

Aqui, no isolamento da aldeia, sem voz amiga, sem coração que o compreendesse, sem alguém que lhe auscultasse a tragédia interior, vinham-lhe desejos de fugir, de abandonar tudo, de sair pelo mundo sem destino, ao sabor da corrente, pelo simples gosto de ir.

Mas era impossível. Lá estava a mulher. Lá estavam os filhos. Lá estava aquele pobre lar atormentado. Com dívidas. Com humilhações. Com choro. Com gritos. Com protestos e queixas. Com impropérios, tantas vezes. E tão bom, afinal.

O Feijão e o Sonho 57

11.

CULPA DELE, BEM O SABIA. Um inadaptado, um incapaz para a vida prática. Homem como ele não nascera para o casamento, para a vida do lar. Não tinha jeito para ganhar dinheiro, incapaz de prover às necessidades da família. Maria Rosa tinha razão, quase sempre. Ela era o Bom Senso. Ele, o Sonho. Nunca vão juntos os dois. Ouvia humildemente, com resignação fatalista, os destemperos da esposa. Maria Rosa não era uma inimiga. Maria Rosa era o outro lado da vida. O lado em que não daria coisa nenhuma, em que ele sempre fracassaria. O duro. O difícil. O sem cadência nem rima. O do seu permanente naufrágio. O lado onde jamais deveria ter ingressado. Mas já era tarde. Não podia recuar. Tentava reagir. Procurava adaptar-se à situação, arquitetava planos, fazia projetos, havia de ganhar dinheiro, de arrumar a vida, de ser um chefe de família, útil e exemplar, já que assim o destino o exigia.

Mas como? Por que meio? Fazendo o quê? Escrevendo? Bem sabia que não. O livro e o jornal não pagavam. Livro era um luxo caro que não compensava.

Só trazia dívidas. Os jornais pagavam mal, quando pagavam. O triste é que ele sabia fazer só aquilo, escrever. Não prestava para nada mais, incapaz de fazer qualquer coisa sem a pena em punho. Tinha mesmo a impressão de ser a pena quem pensava, agia, buscava as palavras, encontrava as rimas, criava as imagens.

Parecia trabalho dela. Sua alma, seu coração, cérebro seu. Fora daquilo não conseguia ser outra coisa. E o triste é que, das modalidades da arte de escrever, a fatalidade o destinara à mais inútil. Nem sequer nascera para o jornalismo. Seu jornalismo era simples literatura. Coisa muito bonita, muito bem-feita, muito interessante, mas que o diretor preteria sempre diante de qualquer crime de última hora, da mais desonesta nota de oposição ou de apoio ao governo, da primeira reclamação do Constante Leitor contra o calçamento da rua, contra o cachorro do vizinho ou contra as emanações deletérias de um bueiro entupido.

Se fosse feito para diretor de jornal, teria grandes possibilidades. Mas não fora. Não conseguia se interessar pela capoeiragem do Glicério ou do Nilo Peçanha. Era incapaz de ver claro naquela história de alta e baixa do câmbio. Não compreendia como é que podiam achar interessante saber quem seria o deputado pelo quinto distrito ou ler o discurso do vereador Chaguinhas votando moção de apoio ao governo ou pedindo à ilustre edilidade fizesse um minuto de silêncio em memória de um coronelão recém-falecido. E nem queria saber se o Chaguinhas ou o não-Chaguinhas era o vereador. Pouco se lhe dava.

O Feijão e o Sonho 59

Uma inferioridade, sem dúvida. Campos Lara estava abaixo do nível de eficiência social do mais modesto caixeirinho de balcão. Incapaz de vender um metro de morim. Nunca distinguiria o café tipo quatro do café tipo sete. E nunca seu cérebro conseguira formular o mais simples e o mais despretensioso plano de salvação nacional.

Como chegar a diretor? Seria sempre um folhetinista, um colaborador literário, autor de notas de mais responsabilidade artística, de biografias de escritores estrangeiros que o telégrafo de vez em quando matava, para lhe dar trabalho, às vezes para fazê-lo chorar.

Poderia aspirar ao lugar de secretário de redação? Era mais bem pago. Mas ele já fracassara redondamente como secretário. Faltava-lhe a intuição da hora e do momento psicológico. Não tinha a bossa do sensacionalismo. Punha na primeira página, em três colunas abertas, uma reportagem sobre as esquisitices de Anatole France e jogava num canto da quinta página o estupro monstruoso de uma menina de doze anos ou o estrangulamento de uma família inteira no Alto do Pari. Não tinha senso de venda avulsa. E fora mesmo delicadamente convidado a escrever críticas teatrais e rodapés literários, no dia em que sugeriu se suprimissem sistematicamente as notícias de defloramentos ou de crimes em que estivessem envolvidos menores. Para que cobri-los de uma pecha infamante, quando se poderiam regenerar ainda?

Como professor, a última coisa compatível com o seu temperamento, ele próprio reconhecia as suas deficiências.

Não conseguia dominar a classe em conjunto. Via alunos isolados. Só via os melhores. Trabalhava com eles. E ficava desesperado por não poder ajudar, quando via que algum deles, por burro que fosse, não trouxera lanche.

12.

MARIA ROSA ESTAVA MAIS BEM-HUMORADA. Vendera um frango e duas dúzias de ovos. Pudera comprar alguma coisa diferente para a janta. Nem disparatou, quando o viu chegar quase às oito. Foi esquentar a comida, serviu a mesa.

— Onde estão as crianças?

— Joãozinho está dormindo, felizmente. Levou um tombo horrível. Foi subir na cadeira, a cadeira virou, foi dar com a testa na parede. Por um triz não morria...

— Mas não houve nada?

— Chorou um pouquinho. Pus um pouco de salmoura, fiz ele beber "Maravilha", daí a pouco estava brincando alegrinho.

— Que amor de criança!

— Coitadinho... Criança melhor não há. Que gênio bom! E eu com tanto medo de que ele saísse nervoso... Nasceu num período tão ruim... Aquela falta de dinheiro, você desempregado, desaforo todo dia na porta da casa, a vergonha daquele despejo.... Você lembra como a vizinhança gozou?

Lara sorriu, triste.

— Ah! que ódio que eu tive da Candoca! Você lembra? Ficou o tempo todo na janela, olhando, dando risada. Uma hora em que eu apareci na porta, ela fez questão de me cumprimentar, de perguntar para quando eu esperava a criança, se ia ser mulher ou homem... E depois perguntou, com o ar mais cínico do mundo, se eu ia me mudar... Nunca tive tanto ódio na minha vida. "Ah! é despejo? Por quê, hein? Coitada! Ainda mais no seu estado..." Sujeitinha mais à toa... Mulatinha ordinária...

— Mas parece que ela não era mulata... — disse Lara, por dizer.

— O quê? Não era mulata? Mulateza chegou ali, parou. Você não via a beiçorra, aqueles olhos enormes, o cabelo crespo? Se era mulata! E da fedida! Saía na rua como se fosse uma senhora dona, com aquela padaria que não acabava mais, com uma bolsa comprada a prestações, que eu vi, de um russo que aparecia lá todo mês. Para mim, ela não pagava, porque o homem saía sempre bufando.

Estendeu-lhe um prato.

— Coma essa chicória. Não está amarga.

Foi à porta ver as meninas que brincavam longe o bento que bento.

Voltou. Sentou-se ao seu lado, pôs-se a recordar.

— O pior período da minha vida foi aquele da Conselheiro Ramalho. Uma italianada barulhenta, de cada buraco saíam mais de quinhentos moleques, xingando, jogando pedra, quebrando vidraça. Em casa não ficou uma. Também, uma vez, eu

O Feijão e o Sonho 63

peguei o Pasqualino no momento em que armava a pedrada. Ah! que surra! Veio a mãe dele e começou a me insultar. Cachorra! Vem pra terra da gente e ainda começa com desaforo! Disse-lhe boas! Ela ameaçou com o marido. Que de noite, quando trouxesse a carroça, ele vinha se entender com você. Mas não veio. Italiano é assim: você falou baixo, ele bufa. O sujeito ergue a voz, ele mete o rabo entre as pernas! Até você fez o Comenale calar a boca, lembra-se?

Lara achou graça no "até".

— Me dá a farinheira, sim?

— Não use, Juca. A farinha está aí por estar. Mas não presta. Está meio azeda. Até não deixei as crianças comerem. É a tal venda do Ribas, que não tem nada que preste. Por sinal que você tem de dar um jeito. É preciso dar alguma coisa por conta.

— Quanto?

— Não sei. O que você puder. Ele é o mais camarada. Não amola muito. Merece.

E voltando à Rua Conselheiro Ramalho.

— Mas o meu ódio era a Candoca. Coitada... Tinha a mania de dizer que era o retrato da Tina di Lorenzo... Imagine! Com aquela cara... Eu nunca vi ninguém tão metediça, tão enxerida... De vez em quando aparecia em casa, só pra reparar. "Ih! Maria Rosa! Como está sujo de poeira esse aparador!", "Meu Deus, Maria Rosa, não sei como é que você aguenta comer carne de terceira!" Nossa Senhora! "Olha aqui o aviso da luz! Você esqueceu de pagar?" Ela revirava a casa inteirinha, com parte de não ter cerimônia... A minha vingança é que ela era louca pra ter filho e não conseguia. Aí é que eu pisava no calo dela. Tinha poeira nos móveis? Ah! casa que tem criança é assim, não se tem tempo pra nada... Carne de terceira? Sim, as crianças davam tanta despesa... Luz sem pagar? Nem a gente se lembrava! Era o dia inteiro limpar mijo de criança, dar banho, trocar roupa... Mas eu judiei dela, mesmo, foi uma vez. A Candoca tinha três ou quatro cachorros em casa. Você se lembra? Um até correu atrás de você, aquela noite... Ela, depois de me amolar muito, me ofereceu um *terrier*. Eu estava tão por aqui com a criatura, que virei pra ela:

— O quê? Cachorro? Deus me livre! Isso é ocupação de quem não tem filho, como você.

Pegou a tigelona de feijão para levar à cozinha. E detendo-se um momento:

— Eu fiz mal, reconheço. Fui bruta. Mas era preciso dizer um desaforo para aquela sem-vergonha. E valeu a pena. Ela saiu feito louca, arrastando a padaria, e dizendo que antes não ter filho do que fazer eles passarem fome. A descarada tinha razão, mas desaforo ela engoliu, ah, se engoliu!

O Feijão e o Sonho

13.

MARIA ROSA HAVIA ACONSELHADO. Deixasse aquelas esquisitices.

— Você não deve andar por aí sozinho. A vila repara. Acham que você é meio louco, isso pode prejudicar. E não é o pior. Em São Paulo está muito bem. Cidade grande. Ninguém sabe da vida dos outros, ninguém nota se você está ou não sozinho. Aqui, não. E eles interpretam como orgulho. Que você quer se fazer de superior, que não quer dar confiança. Eu concordo que a prosa da terra não é lá das melhores. A Chica Venâncio não conhece versos, o Zé da Esteira nunca ouviu falar em... Shakespeare, o Sapo-Untanha é capaz de pensar que Mirabeau é qualquer marca nova de canivete, mas você tem de aguentar.

Fez a maldade de sempre:

— É para ajudar o ganha-pão. Pra ganhar a vida você tem que suportar até uma palestra, de vez em quando, em que ninguém fale nos *Flocos de espuma* ou recite um soneto de *Mocidade em flor*. É da vida...

E já mais amiga:

— Não, Juca, de fato é preciso. Gente do interior é difícil e desconfiada. Até já vieram dizer que você não gosta de Capinzal, que não cumprimenta os outros, que não fala com ninguém. Por que não aparece lá uma vez ou outra na Bigorna ou na vendinha do Ribas?

Campos Lara achou bom o conselho. Pegou o chapéu, saiu para a rua, tateando nas trevas. Não havia luar. A cada passo, um buraco. Duas esquinas além, mal iluminada, avistou a Bigorna. Veio chegando.

— Olá, poeta!

Ele sabia quanto havia de pejorativo naquele título. Poeta dizia tudo: abobado, preguiçoso, tonto, inútil, mundo da lua, ignorância do preço do café ou das probabilidades da próxima safra.

— Boa noite...

— Então, o que há de novo?

— A vidinha de sempre...

Aquele ano estava mau. O café andava que nem capim-gordura. Não valia nada. E tudo o mais pela hora da morte. O arroz, um desperdício de careza. Feijão custava os olhos da cara. Açúcar, nem se fala. Aqueles desgraçados dos açambarcadores* de São Paulo tinham manobrado com o gênero e agora quem não tinha a boca doce que pusesse libra inglesa dentro da xícara de café, para adoçar. Um despropósito. O Zé da Esteira não compreendia como é que o governo não botava tudo na cadeia. O Chico Matraca sabia muito bem que o maior culpado era justa-

....
* Monopolizadores. (N.E.)

O Feijão e o Sonho 67

mente o governo, que comia bola. O Venâncio da Chica dizia que só uma revolução acabaria com tanta pouca-vergonha.

— Se vier uma revolução eu pego em arma e saio pra rua! Ah! Se saio! A gente trabalhando feito negro pra esses desgraçados comerem à nossa custa e não deixarem nem o osso pra gente roer. É um horror. É por isso que o Brasil não vale nada, anda na mão de estrangeiro.

Já o Chico Matraca não achava que o Brasil não valia nada. Pelo contrário. Era o país mais rico do mundo. As nossas florestas eram um tesouro. Minas não faltavam. Faltava apenas explorá-las. Só em madeira o Brasil possuía o maior patrimônio do universo. O doutor Lara não achava? O doutor Lara achava. Pois era isso. Riqueza não faltava ao Brasil. Nem homens. Um povo que tivera um Floriano — "eu recebo à bala!" e os ingleses tinham murchado... — um povo que tivera Floriano e que tinha Rio Branco, que botara o Zeballos num chinelo, era, façam-me o favor, um grande povo.

De mais a mais, todo o mundo sabia que inteligência era no Brasil. Não viam ali o doutor Lara? Um dos maiores poetas do globo (ele era sempre amável com os presentes). E não era só o doutor Lara. Poetas, havia por aí aos milhares, capazes de empacotar com um soneto quanto gringo aparecesse. E não só poetas. Estadistas, pensadores, filósofos (não tinham lido as Máximas do Marquês de Maricá, que valiam muito mais do que quanto lá-não-sei-o-quê vinha da França?). Não, inteligência não nos faltava. Não sabia se Theodore Roosevelt ou o rei Eduardo VII, mas não sei quem tinha reconhecido que o brasileiro era o povo mais inteligente do mundo.

— Lá isso é — concordou o Zé da Esteira, entusiasmado.

Matraca prosseguiu. Enquanto um alemão levava duas horas para entender uma anedota, qualquer brasileirinho, até analfabeto, tinha tempo de ficar triste de tanta risada que dera por tão pouca coisa. E o Carlos Gomes, então? Embatucara o Verdi com o *Guarani* e com o *Schiavo*. Até ele tinha dito não me lembro o quê, quando ouvia o *Guarani*, "*Questo giovane. tutii quanti*, não sei o que lá." Tinha reconhecido o talento do degas. E o Santos Dumont, que tinha posto a Europa inteira de nariz espetado no ar, olhando pra cima como quem queria ver o aeroplano, mas era mais pra disfarçar, pra não confessar que tinha que se curvar mais uma vez ante o Brasil? E a Cachoeira de Paulo Afonso, então? Isto é, a Cachoeira de Paulo Afonso não tinha nada com inteligência, mas era alguma coisa de sério. Um inglês tinha dito que era a mais bela do mundo.

Tomou fôlego, pediu ao farmacêutico que separasse um vidrinho de camomila, que o garoto não andava lá muito bom dos intestinos, e recomeçou.

Sim, todo mundo reconhecia que inteligência era com brasileiro. O nosso mal era a preguiça. Não fosse a preguiça, e ninguém poderia com o Brasil. Mesmo porque até na guerra nós éramos insuperáveis. A Holanda não pôde conosco. A França cansou de apanhar no Maranhão. A Inglaterra enfiou o rabo entre as pernas, quando Floriano empombou. E o Paraguai, então, quedê? Estava riscado do mapa! O próprio Garibaldi tinha dito que o nosso gaúcho é o melhor cavaleiro da terra.

O Feijão e o Sonho 69

"Com mil gaúchos eu dominarei o mundo." Isso mesmo, ali na batata! Só o que estragava o Brasil...

Assumiu um ar de pai da pátria que não recebeu os honorários:

— Só o que estraga o Brasil é a falta de caráter. Na política, nas letras, no comércio, em tudo. Não viram esse cachorrinho do Mané Peroba?

Peroba não aparecera aquela noite. Ia ser dissecado.

14.

TODOS OS AUSENTES HAVIAM LEVADO PANCADA. Campos Lara tinha a impressão de ser ele quem apanhava. Saiu derrancado, tarde da noite. Não quis voltar logo para casa. Maria Rosa estaria acordada, com relatórios longos sobre a falta de dinheiro, sobre as brigas da vizinhança, mera variante caseira da palavra amarga do Matraca.

Resolveu visitar a gameleira. Disse adeus, saiu tropeçando. Aparecera um luar medíocre, que ajudava um pouco. Não dera muitos passos, ouviu que o chamavam.

— Poeta? Doutor?

Voltou-se.

— Ah! é você? Como vai, Oficial?

Oficial era o barbeiro da terra. Como não gostasse de ser chamado de barbeiro, mas de oficial de barbeiro, que lhe parecia mais consentâneo* com a sua dignidade profissional, toda

....
* Apropriado, adequado. (N.E.)

O Feijão e o Sonho 71

a vila, irônica e impiedosa, crismara-o de Oficial. Perdera há muito o nome de batismo e os sobrenomes. Nem se lembrava deles ao certo. Os filhos eram Panfílio Oficial, Marianinha Oficial, Empédocles Oficial e Sátiro Oficial.

— Não lhe incomodo, doutor?

— Pelo contrário! Onde vai?

— O doutor vai passear por aí?

— Vou aproveitar o luar. Quero dar um pulinho até a gameleira.

— Então vamos juntos. Eu gosto de conversar com poeta, com gente preparada. Eu sempre digo pro Empédocles que a única pessoa com quem a gente podia aprender alguma coisa, aqui na vila, era o doutor. O doutor conhece o Empédocles?

— O filósofo? — perguntou, abstrato, o poeta.

— Quero dizer, filósofo, eu não sei se ele dá. Eu acho que é mais pra contas que ele tem jeito. O doutor acredita que o meu menino nunca esteve na escola e faz uma conta de soma sem um erro e sem olhar na tabuada?

— Não diga!

— Eu juro por esta lua que nos alumia. Não foi à toa que eu escolhi esse nome. É Empédocles, mesmo, que se diz, não é? Antes eu pensava que era Empédocles, mas depois teve uma professora que pegou e disse que não era. A gente aqui não tem gramática, não pode saber essas coisas. Mas dizem que o tal de Empédocles era um turuna... É verdade?

— É...

— Foi por isso que eu escolhi. Eu não sou desses que dão

nome vagabundo em filho: José, Antônio, Joaquim, João... Quer dizer, João ainda é um nome bonito. Foi um grande santo. O doutor tem um filho chamado João, não tem?

— Tenho.

— Menino esperto. Aquilo puxou pelo pai. Não demora muito ele garra a fazer verso. Quantos anos tem?

— Dois... três... Tem três anos.

— Menino forte! Assim é que eu gosto de ver. Eu nunca vi ele chorar... Mas é levado, não é?

— Um pouco...

— Ah! isso há de ser boêmio também! Não é assim que se diz?

— É...

— Boêmio que nem o pai...

— Acha que sou?

— Ora! Se vê logo! Aqui é porque a vila não deixa... não tem cabaré... A única coisa que havia era a casa da Mignon... conheceu?

— Não.

— Não é do seu tempo. Era uma cabocla batuta que tinha andado até nas pensões de São Paulo. Eta sujeitinha sem--vergonha! Aquela não tinha luxo. O homem chegava, ela não ficava engambelando. E não explorava, sabe?

— Ah! não explorava?

— Quer dizer, ela não fazia de graça. Era o meio de vida dela. Mas explorar, não explorava. A Ritinha era muito pior, conheceu?

— Não.

O Feijão e o Sonho 73

— Era uma pretinha seiuda de cabelo quase liso. Diz que era filha do seu Joca, da Fazenda Meio-Dia. Ota pretinha exploradeira! A gente chegava lá, ela pedia logo cerveja e ficava bebendo. Ficava esquentando a gente, arregaçando a boca — tinha um dente de ouro que era uma boniteza, feito em Capivari — pegava na gente, sentava no colo — eta padaria mas só ia com quem ela gostava. Também, pra meter a faca não tinha outra! Uma vez ela me levou cinco mil-réis e ainda me fez pagar três cervejas.

Foi de ponta-cabeça num buraco.

— Ota estrada miserável! A gente não podia sair sem lanterna, em noite com essa lua besta! Diacho de escuridão! O engraçado é que a diaba era luxenta. Começava com fita. Que não sei o quê, que não sei o que mais. Era sempre assim. Uma vez, eu fiquei safado e disse: ou tu vai comigo, ou eu te quebro essa cara! Puxa que negra, seu doutor! O senhor precisava ver. Não sei o que tinha... A desgraçada parece que tinha o diabo no corpo. Ota fogueira braba! Nossa! Só vendo! Eu garanto que o senhor gostava. Só o que eu achei ruim foi que ela me encheu de doença do mundo. Até hoje eu não fiquei bom de tudo.

Festejou a lua, que aparecera de novo.

— Oi, chegamo na gameleira. Que baita, não?

E amigo:

— Foi pena o senhor não ter vindo pra cá o ano retrasado. Elas moravam naquela casinha pra lá da ponte. Tocaram as coitadas. O vigário fez o povo enxotar elas. Até eu ajudei, senão a Chica me deixava. A casa tá lá. Ninguém mais quis morar nela. Até inventaram que ficou assombrada.

Estavam embaixo da gameleira. O Oficial suspirou.

— Qual, seu doutor. Viver é só em São Paulo! Eu não sei como é que o senhor aguenta Capinzal... Eu, pelo menos, não nasci pra viver num meio destes. Quem nasceu meio poeta — o senhor já viu a moda que eu fiz pra festa de São João? — quem nasceu poeta que nem nós, nunca véve bem na roça...

15.

AFINAL DE CONTAS, CAMPOS LARA GOSTAVA DA PROSA DO BARBEI-RO. Na sua ingenuidade palavrosa o Oficial tinha um pitoresco saboroso que o divertia. Oficial sentia que uma afinidade de espírito o ligava ao professor. Eram artistas.

— Eu não tenho estudo, doutor, não tenho a gramática. Senão, o senhor ia ver como essa gente toda me respeitava! Eu tenho cada ideia! Se o senhor quisesse aproveitar, o senhor podia escrever uma porção de romances.

Lara desculpava-se com a falta de tempo. A escolinha absorvia. Além disso, tinha que traduzir um livro para um editor do Rio de Janeiro. Não fosse isso, de bom grado entraria com a gramática para o aproveitamento das ideias férteis do barbeiro.

— É pena, doutor. Senão a gente até podia ganhar dinheiro. O senhor quer ver que boa ideia para um romance?

Campos queria. E o barbeiro punha-se a contar a história de uma criança abandonada pela mãe ao nascer, numa cidade do interior. A mulher, de família muito rica, deixara-se fazer mal por um caixeiro viajante. Nascida a criança, entregara-a a uma família de caipiras e embarcara para o estrangeiro. Só o que deixara, como instrumento de identificação, era uma medalhinha de ouro herdada da bisavó. Quando voltou da Europa, anos depois, procurou a filha. Não encontrou. O chefe da casa tinha morrido. A mulher mudara-se, levando a criança. Procura que procura, não houve jeito de achá-la e acabou desistindo, vivendo triste, jururu, pensando na filha, que provavelmente morrera. Mas acontece que a cabocla tinha ido para uma cidadezinha da Sorocabana, onde passava a maior miséria e onde ia criando a menina aos pontapés e pescoções. Era surra o dia inteiro, tratava a menina como escrava. Nem negra apanhava tanto. Chegou até a obrigar a pobrezinha a pedir esmola.

E por aí prosseguia o romance, vaga reprodução de mil e uma histórias no gênero, até o momento em que a medalha identificadora reunia mãe e filha e esta começava a ser feliz, casando-se com um príncipe.

— O senhor vê que ideia? Não dava um romanção e tanto?

Campos Lara não podia deixar de concordar.

— Ah! doutor, se o senhor estivesse disposto a escrever... O senhor que tem facilidade...

— Mas por que não escreve você mesmo?

— Ah! doutor, não sai nada. A gente não tem prática. Eu vou escrever, atrapalho logo as ideias. E o pior é que eu canso logo o braço, dá uma dormência na mão que o senhor nem imagina. Eu até nem sei como é que o senhor consegue escrever tanto tempo sem parar. Não cansa?

O Feijão e o Sonho

— Um pouco.

— Um pouco? Puxa! Pra mim, se eu quero escrever uma carta garra a escorrer lágrima que parece que morreu o mundo inteiro. Agora, pra ler, não. Eu posso ler uma folha inteirinha de jornal que não acontece nada...

— Mesmo os de letra pequena?

— Não. Letra pequena não. Eu digo os títulos. Livro já é mais fácil. O senhor acredita que eu li *A Moreninha* em dois dias, sem parar a não ser pra comer e dormir?

— Bonito livro, não?

— É batuta, mesmo. Mas eu já li uma porção. Tendo letra meio grande, eu leio. Já leu *Alzira, a morta virgem*?

— Não.

— Então o senhor não sabe o que perdeu. Romance triste tá ali. A Chica até já disse que não gosta de livro em casa, porque eu garro a ler, esqueço da vida. E o *Tenente Galinha*, já leu?

— Já.

— Importante, não? Aquilo é que é livro! Agora o que eu quero ver é se dou um jeito de mandar buscar *O Dioguinho*. Diz que lá em São Paulo tem pra vender. O senhor já leu?

— Ainda não.

— Deve ser um bom livro...

E os dois poetas ficavam cismando, o pensamento azul no silêncio da noite.

16.

MUITAS VEZES O OFICIAL VINHA FAZER COMPANHIA A CAMPOS LARA. Trazia-lhe as notícias da vila, as brigas, as contendas, os mexericos, mas abandonava de bom grado o falatório mau por uma incursão pelo sonho.

Oficial era um pastiche miserável dos amigos de São Paulo, dos seus companheiros de rodas literárias. Está claro que o pobre-diabo semianalfabeto não tinha outra ponte de ligação com o seu espírito a não ser o ingênuo prurido livresco. Mas o barbeiro ouvia. Era o seu público. Ouvia com infinito respeito, um doce deslumbramento, uma admiração transbordante.

Com ele Campos Lara se abria. Falava como se tivesse um público seleto e entendedor. Falava afinal de contas para si mesmo. Falava, porém...

Oficial não lhe interrompia o discurso com uma conta de venda, a encomenda de um metro de chita ou de cadarço. Aprovava, humilde, reverente, "sim-senhor!", "ora veja", "é isso mesmo", "eu sempre pensei assim!".

O Feijão e o Sonho

Gostava do homenzinho porque, com ele, podia pensar em voz alta. Oficial ouvia livros inteiros que ele tinha em projeto, poemas, contos, romances.

Quando saíam pela estrada afora, ou quando Lara, na sua necessidade de desabafo, o procurava em casa, a palestra se prolongava horas a fio, quente e corrente.

Uma vez Campos Lara pôs-se a falar de Dante. Esqueceu que o homem não entendia e recitou, apaixonado, o episódio de Francesca de Rimini. Oficial deixou cair o queixo. Veio depois Petrarca. Lara tinha de cor sonetos e baladas.

Lassare il velo, o per sole, o per ombra,
Donna, non vi vid'io...

— Isso é italiano, doutor?

Era. Lara precisava desabafar. Precisava ouvir, alto, cantando no espaço, a voz dolorida do poeta.

Pace non trovo, e non ó da far guerra;
E temo e spero, ed ardo e son un ghiaccio...

Os versos rolavam. Oficial consentia em ouvir, deslumbrado.

Quando fra l'altre donne ad ora ad ora
Amor vien nel bel viso di costei;
Quanto ciascuna é men bella dilei
Tanto cresce il desio che m'innamora.

Sonetos inteiros. Lágrimas seculares. Lembrou-se de Leopardi. Estavam debaixo da gameleira. *"A sè stesso."* Era a obra-prima do poeta, o mais doloroso, o mais amargurado, o mais desiludido, o mais humano dos desesperos.

> *Or poserai per sempre,*
> *Stanco mio cor. Perì l'inganno estremo*
> *Ch'eterno io mi credei.*

— Isso é italiano, doutor?

Era.

— E nas outras línguas?

Não era para se exibir. Pobre do Oficial... Mas ele, Campos Lara, queria ouvir outra vez. E vieram os versos franceses. Baudelaire, Leconte, Heredia. E vieram os ingleses. A noite chegava. O sol punha um vermelhão sombrio, no morro distante. Pequenos poemas de William Blake. Um longo poema de Tennyson. Estavam na hora de voltar.

Caminharam longamente em silêncio. Chegaram à vila. Despediram-se.

— Ota memória desgraçada, seu compadre! — foi o maravilhado ponto final do barbeiro.

O Feijão e o Sonho 81

17.

ESTAVAM PRATICAMENTE REDUZIDOS A DEZ MIL-RÉIS MENSAIS.

Nem mais nem menos. Um ou outro franguinho vendido, e era tão raro vender, porque não havia precisão, num lugar em que todo quintal estava bem sortido, pingavam uns níqueis, de que Maria Rosa nem falava ao marido. Era capaz de, com eles, mandar buscar algum livro em Paris...

Os catálogos chegavam constantemente, pondo-o desesperado por não poder adquirir uma tradução comentada de Ovídio ou um livro sobre os mestres da pintura francesa. Era francamente a miséria. Nem em São Paulo as rendas tinham baixado àquele extremo. A escola, quase deserta. Dos oito alunos restantes, apenas dois pagavam. Cincão cada um. O resto, carona. E o pior é que, não demorava muito, os dois arrimos da casa se iriam, porque Campos Lara não via neles nenhuma possibilidade e não lhes dava a menor atenção. O tempo mal chegava para o Haroldo.

Certa ocasião em que Maria verberava a inépcia* do marido, o fracasso da escola, a deserção dos alunos — "daqui a pouco você vai dar aula só para as carteiras" — ele atalhou, triunfante:

— Não, Rosinha, amanhã mesmo eu tenho dois alunos novos...

— Quem?

— O Panfílio e o Empédocles.

— Os filhos do Oficial?

— Sim.

— Ainda bem.

— Você vê que não tem razão de falar. É preciso ir com calma. Esta gente ainda não sabe dar valor à instrução. Pensa que estudo só serve para atrapalhar...

— Hum! eu não sei se eles não estão com a razão...

— Ora, Rosinha, você já começa com as suas! Você sabe que a nossa desgraça é justamente o analfabetismo, a incultura...

— Não sei, não. O que é que você ganhou com tanta leitura, com tanto livro, com tanta bobagem? Não dá nem pra pagar o feijão...

— Isso é uma questão de sorte. Quem sabe até se o culpado não sou eu... Mas as coisas mudarão, com o tempo, esteja certa.

— Olhe Juca, francamente! Se perder tempo em estudo, em remexer biblioteca, só serve pra fazer gente como você, eu prefiro que os meus filhos cresçam bem burros, mas que prestem pelo menos pra trabalhar num armazém, pra vender amendoim ou pi-

....
* Incapacidade. (N.E.)

O Feijão e o Sonho 83

poca, contanto que ganhem o suficiente pra viver. Antes um burro bem alimentado que um poeta com fome! Deus me livre de ver um dia Joãozinho passando as vergonhas que você tem passado...

— Mas não é vergonha...

— O quê? Não é vergonha? É porque você não tem. Então isto é vida que se viva? Devendo a todo mundo, sendo expulso de casa por falta de pagamento, passando toda sorte de humilhações, desmoralizado em toda parte? Ouça bem: se algum dia eu descobrir você querendo estragar o Joãozinho — felizmente ele ainda é muito criança, não entende essas coisas — eu digo com toda a franqueza: eu pego a criançada e saio de casa. Prefiro viver de esmola, prefiro ver o meu filho trabalhando num açougue ou como entregador de farmácia, mas que saia um homem... Deus me livre de ter mais um poeta em casa...

— Mas você acha que poeta é humilhação, é vergonha?

— Eu não sei. Pode ser coisa muito bonita. Mas eu nunca ouvi falar de ninguém que conseguisse ganhar dinheiro, sustentar a família com versos...

E jogando a erudição que as palestras literárias, ouvidas ao acaso das misérias do lar, lhe haviam trazido:

— Foi sempre assim em todos os tempos. Até o Camões você não disse que morreu de fome, que vivia de esmola?

— Mas isso é um caso excepcional. E mesmo que morresse na miséria, não fez ele *Os Lusíadas*, não ganhou um nome imortal? Não viverá ainda daqui a mil, a dois mil anos, a cem mil? E quem foi que ficou dos homens ricos do seu tempo, dos nobres, dos fidalgos, dos negociantes? Quem é que se lembra deles? Sabe-se que Camões pediu esmola. Você sabe quem deu esmola a Camões?

Maria Rosa sorriu.

— Mas quem deu esmola, saiba-se ou não o nome, tinha pra dar. Tinha dinheiro no bolso, tinha comida em casa, podia comprar feijão, farinha de mandioca...

— Não se usava, naquele tempo...

— Usasse ou não! Mandioca ou pepino, ou tomates! Mas comida, compreende? E o que é que Camões lucra em ser lembrado hoje, em ser discutido, analisado, depois de morto, quando em vida ele roeu um osso? Você pensa que ele levou alguma vantagem com aquela conferência que você fez na Escola Normal de São Paulo? Garanto que ele preferia, em vida, um bom pão com manteiga... Você prefere passar uma semana sem comer, mas ter os seus livros daqui a mil anos analisados nas escolas?

— Analisados nas escolas, nunca. Mas lidos, mas amados, sem dúvida!

Ela se aproximou, irritada:

— É por isso que você não dá coisa nenhuma. E é por isso que, no primeiro dia que o Joãozinho aparecer com um soneto, ele entra numa surra que você nem pode fazer ideia! E não é só fome, meu caro, é peso! Poesia dá peso!

— Ora, Rosinha...

— O quê? Não dá peso? Tudo quanto é escritor que eu conheço é pé-rapado. Eu nunca vi gente mais azarada... Uns prontos, uns vagabundos...

O Feijão e o Sonho 85

E voltando à erudição fácil que o casamento lhe trouxera:

— Pela sua conversa, mesmo, a gente pode fazer ideia. Tudo morrendo tuberculoso, Álvares de Azevedo, Castro Alves, Casimiro de Abreu, o tal Leopardi. Uns aleijados, outros epilépticos, uma cambada sem jeito, que até dá medo na gente. O tal Dante andava na cadeia, sendo expulso da cidade em que morava. Esse do Dom Quixote diz que andava sempre no xilindró, ou passando fome. O tal de Verlaine era bêbedo. Você viu como acabou o Oscar Wilde. Os tais russos andam sempre no pau. O B. Lopes está no hospício. O tal filósofo alemão também. Aquele poeta grego era cego. O inglês era capenga...

— Byron?

— Deve ser. Tinha um outro que era corcunda.

— Pope?

— Sei lá se era Pope! Sei que era corcunda! Não sei que romancista francês vivia cheio de dívidas, passando vexame. Aquela turma de São Paulo você conhece bem. Uns leguelhés, uns bêbedos, uns desocupados, uns mulatinhos muito sujos, que nem tomam banho...

O marido riu.

— Não. Não ria. É a pura verdade. Só falam em princesas e palácios, mas não têm cotação nem no albergue noturno. Esse tal, que você admira muito, Dosto... Dosto não sei o quê...

— Dostoiévski...

— Quero lá saber o nome dele! Um sujeito que vive da cadeia pro hospital, um jogador, um desorganizado, que até nos livros conta as poucas-vergonhas que fez ou que ouviu.

É tudo uma turma assim. E você acha muito bonito que o seu filho acabe nessa companhia?...

Olhou dessa vez o marido com crueldade:

— E até no amor! Até no amor eles são uns pesados! Você já viu poeta que não vivesse chorando e se lastimando, porque mulher não liga, não dá confiança?

O argumento era esmagador. Maria Rosa estava satisfeita. Ia correr à cozinha para pôr mais água no feijão. Súbito, uma ideia lhe ocorreu.

— Ah! escute: Me diga uma coisa. Os filhos do Oficial pagam?

Campos Lara gaguejou.

— Pagam?

— Ele é pobre, você bem sabe. Não tem recursos...

— Ah! Não pagam? Pois olhe: aqui eles não entram! Se quiser, vá dar aula na casa deles. Na escola eles não entram, pode ficar descansado!

E foi ver o feijão-mulatinho, quase queimando na panela velha.

18.

EU NÃO SEI ONDE É QUE TINHA A CABEÇA QUANDO ME CASEI COM O JUCA!

E Maria Rosa punha-se a recordar.

Campos Lara aparecera em Sorocaba numa tarde de dezembro. Ainda não o vira, mas já sabia que estava na cidade um moço de São Paulo.

— Bonito?

Era bonito.

— Quanto ganha?

Ainda não sabiam. Mas sabiam ser um moço importante. Escrevia nos jornais. Tinha publicado um livro. Diziam que era um grande poeta!

— Parece com quem?

A bem dizer, não havia ninguém parecido com ele na terra. Era um rapaz alto, magro, louro, os olhos azuis.

— Tem um jeito macio de olhar, que até dá não sei o que na gente... Os olhos são o que ele tem de mais bonito.

Aquilo já era uma novidade. O único poeta que Maria

Rosa conhecera tinha uns olhos pequeninos, muito vivos, mas assustados, com o ar de quem esperava, a todo momento, uma pancada no crânio. "Tinha um olhar de rabo entre as pernas", dizia Maria Rosa.

— Poeta ganha bem? — perguntou uma prima.

— Sei lá! Mas deve ganhar, não acha?

— É capaz...

— É difícil ser poeta? — insistiu a prima.

Maria Rosa não sabia informar.

— Esse vinha a talho de foice pra você...

— Ora! Deixa disso...

Mas no íntimo Rosinha gostou da sugestão. Ela precisava bem de um noivo. Tinha brigado havia um ano com o primo advogado, que ficara importante demais e andava dizendo que Sorocaba não tinha moça à altura de casar com ele. Dissera aquilo ao Gentil, quando estivera em São Paulo. E quando o Davi apareceu de anelão no dedo, disposto a arrasar a cidade com o fulgor da pedra, a primeira coisa que Maria Rosa fizera foi voltar-lhe as costas, desagravando o belo sexo da sua terra. Estavam prometidos desde pequenos. O primo fora sempre assim, metido a balão. Mas dizer que em Sorocaba não havia moça digna de casar com ele, era desaforo demais. O fato é que Maria Rosa era bonita. Bonita, de inspirar modinhas e serenatas, de revirar corações. O primo Davi, com a atenção despertada pela desfeita, reparou em como estava ali um corte magnífico de morena. E armou o pé de alferes. Foi à toa. Maria Rosa sentira pela cidade inteira. A ofensa penetrara-lhe no mais ín-

O Feijão e o Sonho 89

timo da alma. Passou a tratá-lo com rispidez, com secura. Por que não voltava para São Paulo? Por que não ia casar com as atrizes do Politeama? Por que não pedia em casamento a Ponte Grande ou a Estação da Luz? E não quis saber de prosa. O que mais lhe doía era ver o oferecimento das amigas, cada qual mais assanhada, querendo apanhar o partidão: a sapiroquenta da Candinha, a sirigaita da Filomena, quase todas as outras. Gente mais sem dignidade! Atrevido que dizia uma coisa daquelas só merecia desprezo e no entanto elas davam em cima, como se não fosse nada. O castigo foi que ele não se passou para nenhuma. Era com ela mesmo. E com ela o primo Davi tinha que ver! Casasse em São Paulo ou na China. Em Sorocaba, pelo menos com ela, de maneira nenhuma!

Afastado o caso Davi, afinal um bom partido, diziam que estava ganhando um dinheirão, Maria Rosa ficou esperando. Ela, por sua vez, não dissera alto, mas pensava. Em Sorocaba não havia ninguém à altura de casar com ela.

19.

E FICOU ANSIOSA POR VER O POETA.

— Em casa de quem que ele está?

— Do Joel.

— Será que ele vai de noite passear no jardim?

— Ah! com certeza! Poeta gosta de flor...

— E de mulheres... — disse a prima Creusa, irmã de criação, companheira inseparável. — Nas poesias eles não tratam de outra coisa. A não ser "Os meus oito anos", eu nunca vi poesia que não fosse de amor.

A noite o poeta foi passear no jardim. De fato, alto, meio louro, bonitão, com uns olhos azuis muito mansos, que pareciam ver mais longe, atrás da gente. Olhos bonitos, mesmo.

— Parecia olho de príncipe.

Quando a apresentaram, Maria Rosa começou a tremer. Nunca falara com gente tão ilustre. Tinha medo de dizer bobagem. Com certeza ele era reparador, sairia caçoando.

— Eu não passo de uma cabocla da roça!

O Feijão e o Sonho 91

E ficava toda constrangida, enquanto as amigas, para mostrar que não eram caipiras, falavam pelos cotovelos, apertavam-se, riam alto, diziam gracinhas ao ouvido.

— Ih! Joaninha! Você é terrível! Que ideia!

— Nossa, Ana Maria! Não diga isso!

E como pássaros soltos, chilreavam, parolavam festivas, se mostrando, chamando atenção.

Mas os olhos do poeta pousaram logo sobre a figura gentil de Maria Rosa. Campos Lara gostou daquele recato, da fala doce, do jeitinho medroso. Gostou ainda muito mais dos olhos muito negros, que lembravam veludo e tinham uma doçura envolvente e remansosa, de que falaria muito breve em sonetos cantantes.

Pôs-se a cortejá-la.

Por sua vez, Campos Lara encarnava a própria timidez. Falava pouco, a voz distante e macia, não tinha as largas expansões que ela julgava próprias dos poetas e dos homens importantes. Havia um quê de inesperado nos seus modos. Ficava mais constrangido, mais caipira do que ela, como em adoração.

E aquilo embalava. Punha-a mais à vontade. Falando pouco, perguntando pouquíssimo, Campos Lara não a obrigava ao suplício de falar, não ouviria os seus erros, não iria caçoar depois.

Em pouco toda a gente sabia. Que o poeta se apaixonara pela moça. Que viria morar na cidade. Mil e uma notícias. E quando num dos domingos seguintes o jornal da terra publicou um soneto inédito de Campos Lara, "Terra morena", toda a gente sorriu, compreendendo. A terra morena não era terra

nenhuma, era Maria Rosa. Aquelas colinas suaves ficavam no corpo dela. Aquele sorriso em flor não era na manhã cor-de-
-rosa mas em Maria Rosa. Aquele vivo fulgor de pupilas estranhas não era nada no sol, era nos olhos de Rosinha.

E o chilreio alegre dos pássaros soltos veio encher-lhe a casa.

— Então, Maria Rosa, que mistérios são esses?

— Então, Maria Rosa, para quando são os doces?

Positivamente, Maria Rosa não sabia informar. Não havia nada. Ele aparecia sempre, é verdade, com os pretextos mais infantis, mas pouco se abria. Aceitava um café, comia, muito sem jeito, uns biscoitos de polvilho, umas cocadas, achando tudo muito bom, deixando cair farelo no chão. Mas de casamento mesmo não falava. Nem de qualquer coisa. Era só olhar, meio triste, com aqueles olhos de veludo azul-celeste que lhe punham arrepios na pele.

O Feijão e o Sonho

20.

O NAMORO FOI PEGANDO. Campos Lara passou a frequentar a casa como pessoa da família. À espera de que ele se abrisse, todos os parentes, ao primeiro pretexto, saíam da sala. Ele era moço direito, estava se vendo, não era preciso vigiar, não era desses aproveitadores. Depois que se declarasse, depois que ficasse noivo, então sim, recomeçaria a vigilância, ficariam sempre os pais na sala, ou a prima, ou o irmãozinho menor.

E como de esperar, um dia a bomba rebentou. Quando saiu o último parente da sala, o garoto para brincar de pegador, que os vizinhos chamavam, a prima para ver se a Laurinha tinha uma fita vermelha que pudesse emprestar, o velho porque ia pagar a conta da farmácia e dona Nair porque precisava ir lá dentro, ver se o bolo já estava no ponto, Campos Lara, muito trêmulo, murmurou:

— Eu queria lhe falar sobre uma coisa.

Maria Rosa não respondeu. Concordou, com uma onda

de sangue no rosto, que deu a Campos Lara forças para escalar a Mantiqueira daquela entalada.

— Eu...

Maria Rosa quase disse que aceitava, de uma vez, para resolver a situação, tal o embaraço em que se achavam. Estiveram um momento calados.

— Gosta de versos?

— Gosto...

— Ah!...

Pousou os olhos numa oleografia.

— É brinde da farmácia?

— É.

— Bonita...

— Acha?

— Acho... Boa reprodução...

— Diz que é um quadro famoso.

— É...

Maria Rosa arrumou a capa da cadeira.

— Estas crianças!

— Como?

— A gente não pode ter a casa limpa. Eles vêm brincar aqui, sujam tudo.

— Criança é assim mesmo...

— Eu já disse pra mamãe que não deixasse criança brincar na sala. Fazem um sururu terrível.

— É natural...

— E o pior é a desordem. A gente deixa tudo direitinho,

O Feijão e o Sonho 95

as cadeiras em ordem, três de cada lado, e, quando chega visita, fica envergonhada. Parece que não há na casa quem tome conta da arrumação... Até fica feio...

Que bom que ela estava falando! Voz bonita, quente, uma voz morena e boa. E falando, enchia o espaço, ganhava tempo.

Mas, conversando, fugiam do assunto. E no íntimo Maria Rosa queria saber logo o que tinha a dizer o poeta.

— O senhor estava querendo falar comigo?

— Ah! sim... Estava... Gosta de versos?

— Gosto.

— Eu... eu queria lhe mostrar um sonetozinho.

Era aquilo? Rosinha desapontou. Mas quis ver. O soneto dizia tudo, uma declaração de amor, apaixonada e quente.

Leu o papel, emocionada, sentiu que o sangue lhe subia outra vez. O coração dava-lhe pulos no peito. Olhou o poeta interdita, entregou-lhe o papel.

— Bonito, não?

— Acha?

— Muito!

Novo silêncio. O brinde da farmácia parecia animado, em todas as dimensões, as figuras destacadas do fundo, querendo sair. Campos Lara criou coragem.

— O que é que achou dos versos?

— Bonitos... Muito bonitos...

— Mas... não achou nada?

— Como assim?

— Não sabe quem inspirou?

— Não sei... Como é que a gente pode saber? Alguma moça, com certeza...

— Por certo. E... e sabe quem é?

— Não.

— Seja sincera. Não sabe?

— Se o senhor não disser...

— É a criatura mais linda, mais adorável do mundo!

— Sim?

— Não sabe quem é?

— Eu não sou adivinha...

— Ora... sabe muito bem...

— Eu?

— Você mesmo!

Maria Rosa estremeceu. Ela não dissera "eu" para se fazer de heroína do Soneto. Queria perguntar: "Eu sei? O senhor acha que eu sei?" O "eu" era uma fuga. Mas o poeta entendera demais e fora melhor assim. Ficaram ambos surpresos, o sangue agitado, fazendo barulho nos pulsos, no peito, nas têmporas...

— Maria Rosa — reatou o poeta —, você já deve ter notado... Quer casar comigo?

— Mas assim... sem esperar... assim de repente?

— Não me aceita? Não gosta de mim?

— Não, não é isso. Eu simpatizo muito com o senhor... Mas assim tão cedo... A gente não se conhece direito...

— Oh! Maria Rosa! É como se eu a tivesse conhecido a vida inteira! Você me encheu a vida, me iluminou o coração, me fez viver outra vez! Você nem pode imaginar o meu estado

O Feijão e o Sonho 97

de espírito, quando apareci em Sorocaba. Tinha a alma negra, desiludida, cheia de fel. O seu olhar foi um novo sol na minha existência. Não! Não diga que não nos conhecemos!

— Mas...

— Gosta de outro?

— Não.

— Jura?

— Juro.

— Então por que não me aceita?

— É que assim tão de repente... Eu não esperava... Preciso pensar primeiro.

— Não. Não pense. Responda, sim ou não?

— Não, Campos. Uma coisa dessas não se resolve assim. Você mesmo, o senhor mesmo há de concordar. Casamento é coisa muito séria. Me dê um prazo para pensar.

Campos Lara puxou do relógio.

— Está bem. Cinco minutos.

Maria Rosa sorriu. Sorriu muito mais com os grandes olhos negros, de uma doçura nova, que com os lábios vermelhos, de desenho impecável.

— Cinco minutos? É pouco. Eu respondo amanhã. Aceita?

Campos Lara ficou triste.

— Então eu já sei a resposta.

— Qual é?

— Não! Se você gostasse de mim, não iria pensar. Quem ama não pensa...

— Mas quem vai casar, pensa...

— Então...

— Só amanhã. Aceita?

Campos Lara quis protestar. Vinham passos do fundo. Atrapalhou-se.

— Está bem. Aceito. Amanhã você responde. Mas promete que será um sim?

— Não sei...

O desespero se apoderou do espírito de Campos Lara. Dona Nair chegava da cozinha. Percebeu que houvera alguma coisa. Procurou ler nos olhos de ambos, fez insinuações, não descobriu. Deus permitisse que não tivessem feito alguma bobagem, que não tivessem brigado.

Conversavam ainda sobre o tempo, as chuvas, uma luta na fábrica. O poeta continuou impressionado com o brinde da farmácia. Maria Rosa achava que era preciso lavar, no dia seguinte, as capas das cadeiras. Afinal, despediram-se. Campos Lara parecia um náufrago, não sabia se teria forças para esperar, até o dia seguinte, a resposta da amada. Quando saiu, dona Nair indagou:

— Então, minha filha, o que houve?

— Nada, mamãe.

— Ele se declarou?

— Não, ora que ideia!

Dona Nair sacudiu a cabeça.

— Idiotão!

21.

FOI UM TEMPO QUENTE, EM MATÉRIA DE NOIVADOS. Poucos dias depois Creusa era também pedida em casamento e o Bentinho mal dava para os gastos. Era imposto pelos velhos como companhia forçada para os dois casais.

Bentinho tirava o partido que podia da situação. Ficara atrevido, certo de que a irmã e a prima, de gênio mudado na presença dos noivos, não viriam com pitos e beliscões. E descobrira, pela boa vontade dos futuros cunhados, que era uma vocação magnífica de palhaço. A primeira palavra, o primeiro gesto, mereciam risadas de boa vontade que o lisonjeavam. Até o poeta. Campos Lara achava o menino um encanto. O Gomes, noivo de Creusa, perdia às vezes o fôlego. E o menino criava asas. Desarrumava as cadeiras, virava o couro de onça que servia de tapete, tirava a toalha da moringa, que descia pelo gargalo funcionando como um *jabot**, punha-se a arre-

....
* Lenço preso ao pescoço, com remate preueado. (N.E.)

medar o jeito sério do pai no retrato, com um dedo na cava do colete, o bigodão retorcido, e a perna direita fletida, a ponta do pé direito pacholamente colocada à esquerda do pé esquerdo e ele, o pai inteiro, apoiado orgulhosamente ao braço da esposa. Era uma recordação do Jardim da Luz que havia anos, marcada de moscas, ornamentava a sala de visitas, perto do velho piano de teclas descarnadas.

Campos e Gomes achavam uma graça respeitosa no caso, não fossem ofender o sogro. As moças protestavam.

— Tenha modos, menino! Olhe que eu chamo o papai.

— Você chame que eu conto.

— Conta o quê, seu malcriado?

— Tudo... Pensa que eu não vejo?

Gomes, o mais comprometido, punha-se a tossir, perguntando se não queriam tomar uma Si-si, que ele mandaria buscar lá na esquina.

As moças agradeciam. "Não precisava." Mas o menino saía pulando entusiasmado, com o dinheiro na mão, e voltava com as garrafas, alegre pela bebida e pela certeza da gorjeta.

— Guarde o troco.

Por sinal que o Gomes era muito mais cotado que o poeta no espírito de Bentinho. Por dá cá aquela palha, mandava guardar o troco.

Maria Rosa vira em pouco tempo que Campos Lara não era nenhum Maylasky, nenhum potentado. Ganhava pouco. Estava no começo da carreira. Vivia naquela época de umas aulinhas que dava em São Paulo e fora justamente ao acaso das

O Feijão e o Sonho 101

férias que ela devera a felicidade de conhecê-lo. Mas ia entrar aquele ano para um grande jornal e tinha um mundo de possibilidades pelo seu valor, pela sua cultura. O diretor do grupo tinha dito que, depois de Júlio Ribeiro, Campos Lara era o maior talento que havia pisado em Sorocaba.

Já o Gomes tinha outro feitio. Filho de um fazendeiro remediado, começara desde cedo a negociar por conta própria em café. Possuía alguns contos de réis guardados e aumentava de ano para ano o patrimônio. Tencionava transferir-se muito breve para São Paulo, para organizar uma casa comissária. Já havia até recebido oferta para associar-se com um parente riquíssimo, que trabalhava em Santos.

Em compensação, estava longe de ter o brilho de Campos Lara. Quase analfabeto, tipo acabado de caipirão, sotaque, de "Tietér", como dizia a própria Creusa, antes do noivado, era incapaz de duas palavras que não fossem previstas. Só falava sobre preço de café, sobre lucros passados ou futuros, sobre cães de caça — tinha um dilúvio de perdigueiros, detestava buldogues —, sobre uma égua velha que trocara por uma besta baia, recebendo um arreio de volta — um negoción, seu compadre! —, sobre alguns alqueires de terra que comprara para revender, ou sobre a visita que fizera a São Paulo, onde quase morrera de rir, num teatro, com a "Maria Angu".

— Ah! eu sou seco por teatro! Por mim, eu ia morar em São Paulo, só pra ir toda noite ver as revistas.

— Para ver as atrizes, não é? — aparteava a noiva num muxoxo.

102 *Orígenes Lessa*

O Gomes, que gostava da fama do moço perdido, se espantava:

— Ué, por que não? Só quem é burro é que não gosta de moça bonita...

E gastando a suprema acrobacia do seu cérebro:

— Não vê como eu estou aqui, louco pra casar com mecê?

22.

A SUPERIORIDADE MENTAL DE CAMPOS LARA tinha alguma coisa de impressionante. Havia um abismo entre os dois. Gomes até falava mais. Desembaraçado era ele. Pudera! Ganhando cem mil-réis com a troca de uma égua, fora os arreios, e tendo feito ainda na véspera um embarque enorme de sacas de café, assunto não faltava. Mas a mesma Creusa sentia a auréola de espiritualidade, a fidalguia de modos, a maneira nobre do poeta. Pouco expansivo, tímido, ele se revelava numa simples frase, na observação mais ligeira, ao menor dos gestos.

Nada daquele sotaque ridículo, daquelas graças pesadas, daquela ponte de dentes agrandalhados sobrando em todas as risadas, que pareciam mourões de porteira pendurados na boca.

Maria Rosa nunca se esquecera de uma das primeiras impressões ouvidas sobre o noivo, a beleza dos olhos. "Parecia olho de príncipe." E parecia mesmo. Havia algo de aristocrático, de predestinado, de superior que lhe cercava a cabeça.

E depois, Campos Lara tinha um nome. Os jornais falavam dele. Até os do Rio de Janeiro. Campos mostrava-lhe, com uma alegria infantil, artigos longos dos jornais mais lidos, sobre o seu livro. Um deles tinha mesmo por título: "Campos Lara, um grande poeta". E os elogios e as citações e os vaticínios calorosos sobre o futuro que o aguardava se prolongavam quentes, colunas afora.

O poeta mostrava-lhe as cartas, diariamente recebidas de São Paulo e do Rio. Eram de romancistas, de escritores, de homens de jornal, de advogados. Uma viera de Londres, escrita pelo Joaquim Nabuco. Outra, do Secretário do Interior, dizendo que os versos de *Crepúsculo* tinham-lhe arrancado, mais de uma vez, "lágrimas de sentida emoção".

Não era importante arrancar lágrimas de emoção ao Secretário do Interior?

E para enfezar a prima, Rosinha falava nas glórias do noivo. Porque o *Correio da Manhã*, porque *O Estado de S. Paulo*, porque o Joaquim Nabuco, porque o Olavo Bilac... Sim, até o Olavo Bilac, de quem Creusa sabia ser um grande homem, até o Olavo dissera: "O Brasil tem agora um poeta, um grande artista!"

— Você conhece o Bilac? Aquele... O autor daquele soneto que a Cotinha recitou na festa em favor da Santa Casa...

— Ah! sei...

— Pois é. É o autor daquele soneto... Até ele disse que Juca — Campos Lara começava a ser Juca — que o Juca era um bicho!

Creusa lembrava-se do noivo cujos dentes eram maiores do que os da égua trocada pela besta baia, e ficava esmagada. Campos Lara seria o seu sonho. Maria Rosa tivera mais sorte.

Creusa não tinha entusiasmo algum pelo noivo. Não queria era ficar para tia. E começava a se arrumar, passando Água Flórida nas axilas, pó de arroz no rosto, ajeitando os cachos, para esperar o Gomes.

Se ele estivesse de bom humor, iria contar outra vez, com toda a certeza, como embrulhara o piraquara* no negócio da égua.

------

* Caipira, capiau. (N.E.)

23.

CASADOS, VIERAM MORAR EM SÃO PAULO, PARA OS LADOS DO BEXIGA. Casa pequena, baixa, humilde. Lara ganhava duas centenas de mil-réis por mês. Ensinava num colégio particular e entrara para a redação de um matutino. Trabalhava ativamente num poema inspirado na vida dos escravos, *Mãe Vicência*, história de uma negra que, vendo o senhor oferecer seu filho, como contrapeso, numa venda de escravos, a um fazendeiro do norte do Estado, resolvera fugir, para salvar o moleque. Era a história dramática da fuga, dias de fome e desespero pelas matas sombrias, a fúria do senhor, os capitães do mato varejando a selva, a resistência leonina da pobre mãe, surpreendida pelos negros. Os tiros. Uma bala que atinge a criança. E a negra-mina, num acesso de loucura, ao se defender contra os agressores, no corpo a corpo final, a agitar como arma o filho morto.

Lara punha a alma naquele trabalho. Falava-lhe a todo momento no poema. Criava novos detalhes. Mudava situações. Registrava ideias e versos. E a cada passo vinha a ler-lhe outra vez algum trecho anteriormente conhecido a ver se estava realmente bom, se não parecia falso, se os versos não soavam mal, se ela gostava desta onomatopeia ou daquela imagem, a indagar se a cena final não pendia mais para o grotesco do que para o trágico.

A ideia viera-lhe na viagem para São Paulo, e desde então não tinha outro assunto a não ser a promessa de que, terminado *Mãe Vicência*, atacaria corajosamente o poema de há muito projetado sobre Borba Gato.

— Você verá: é a glória! O Borba Gato será a minha obra-prima!

Maria Rosa via sem muito entusiasmo aqueles projetos. Ela preferia bem que o marido, em vez de se deixar empolgar pelos versos, esquecendo-se, três, quatro vezes por semana, de ir ao colégio — descontavam três mil-réis por aula — tratasse de arranjar novos serviços, que o ordenado não dava para coisa alguma.

Versos bonitos, não contestava. Ela sabia-os quase todos de cor, de tanto ouvir e de tão gostosamente que lhe ficavam cantando na memória. Mas verso, como tristeza, não pagava dívidas. E, para casar, Lara se comprometera em quase um conto e quinhentos. Era preciso enfrentar energicamente a situação. Maria Rosa não queria acabar milionária, mas queria a casa em ordem, os móveis pagos, o nome respeitado. Lembrava-se mesmo de ter sido um custo convencer o Juca a adquirir mobília mais modesta, comprando tudo por um conto e duzentos, quando Juca, não por ele, para quem tudo estava bom, mas por ela, queria adquirir mobília faustosa, que mal cabia na pequenina casa em vista, e cuja prestação mensal era exatamente o total do que ganhava no jornal e no colégio.

Não sabia onde o rapaz tinha a cabeça, que noção tinha da vida, que milagre esperava.

Num dos primeiros dias de casados, passeando pelo centro, Maria Rosa se apaixonara por um relógio de parede. Uma fortuna, oitenta mil-réis. No dia seguinte o relógio estava em casa.

— Mas onde é que você arranjou dinheiro, Juca?

— Tirei um adiantamento no colégio.

— O quê?

— O diretor é camarada. Até disse que ia descontar só a metade das aulas que eu não dei este mês.

— Mas o que é que você tem na cabeça, Juca? Oitenta mil-réis por um relógio! Você não sabe que nós precisamos desse dinheiro no fim do mês para pagar os móveis, as contas, a casa?

— Mas...

— Mas o quê?

— Mas você não queria tanto o relógio?

— Queria. Gostava de ter. Mas se fosse milionária. Não com duzentos mil-réis por mês. Isso é uma loucura, um disparate!

— Mas, Rosinha...

— Não quero saber de Rosinha nem Mané-Rosinha! Faz uma asneira dessa e vem agora com esse ar de cachorro que

O Feijão e o Sonho 109

quebrou o pote! Não quero relógio, não quero coisa nenhuma! Não aceito. Se quiser, fique com ele, dê para os vizinhos...

— Mas veja que beleza... Olha só o mostrador...

— Beleza, nada! Loucura! Você devia antes pensar na sua vida, ver que não estamos em condições de fazer um despropósito desses. Se você não estivesse devendo até a roupa do corpo, muito que bem. Mas assim, é demais...

Olhou o relógio.

— Pra mim eu não quero. Agradeço o presente!

Aquilo doeu profundamente em Lara. Pensava que Maria Rosa festejaria o mimo, compreenderia o sacrifício, a boa vontade, compensá-lo-ia com aquele sorriso tão lindo, glória da sua vida. E Maria Rosa, muito ao contrário, zangava-se. Nem uma só palavra de simpatia, de gratidão. E ainda vinha jurar, pela felicidade dos pais, que nunca poria as mãos naquela droga, nem para dar corda!

24.

COMO É QUE MULHER NÃO COMPREENDE UMA COISA DESSAS?

Campos Lara ficava abismado, afundado na sua dor e no seu espanto. Multiplicava-se por agradar a companheira, para satisfazer-lhe a menor das vontades, o menor dos desejos, o mais leve capricho, e era aquele o resultado. De fato, bem pensado, ele não estava em condições. Mas justamente nisso estava todo o valor. Se fosse um fazendeiro ricaço, que é que representava um relógio de oitenta mil-réis ou um colar de dez contos? Nada. Para as suas posses, fizera mais do que dar uma joia caríssima. E Maria Rosa era incapaz de ver a beleza, pelo menos a delicada intenção de seu gesto. E não somente não agradecia. Revoltava-se. Chegava até a usar aquela expressão duríssima, inesperada: "cachorro que quebrou o pote..."

Nunca julgara Maria Rosa capaz de coisa igual. E sentava-se triste, a um canto.

— Você não tem aula hoje?

— Tenho.

O Feijão e o Sonho 111

— E por que não vai dar? Esperando o quê? Dinheiro caindo do céu?

Ele hesitava. Brigado com ela, vendo a esposa injustamente irritada, não tinha jeito, não sentia gosto em trabalhar. Dar aula pra quê? Valia a pena viver, num caso assim?

A menor contrariedade, o menor desgosto, tiravam-lhe todo o ânimo para a luta. Ficava como um abúlico, um náufrago, um desamparado, os olhos perdidos, fumando cigarros sobre cigarros, tossindo sempre.

— Você não sabe que cigarro faz você tossir? Por que é que fuma dessa maneira?

E a tristeza de Juca aumentava. Então Maria Rosa não percebia que, se fumava assim, era por desgosto, por desespero? E a esposa, em vez de o consolar, de o reanimar, em vez de retirar a causa, censurava a consequência.

Punha o cigarro de lado. Ficava esmagando a cinza no pires que, pouco antes, Maria Rosa trouxera.

— Jogue a cinza fora, Juca! Você não vê que fica empestando a casa?

Ele jogava. Como as mulheres eram duras, injustas e más! Imaginara sempre que esposa era o amparo constante, o carinho maternal, a compreensão, a leitura amiga do seu pensamento.

Maria Rosa não lia. Ficava lidando pela casa, limpando, espanando, arrumando, consertando. E só pensava em mandá-lo ao colégio, como se o quisesse ver pelas costas.

Ficaram dois ou três dias assim, de relações estremecidas, trocando frases curtas, cortantes, cada qual no seu mundo.

Maria Rosa só lhe dirigia a palavra para tirá-lo da cama, para perguntar se queria mais café, se o feijão estava bom de sal, se queria farinha, se faria plantão de noite no jornal, se não estava atrasado para ir às aulas. O essencial para o andamento da casa. Ele respondia por monossílabos secos, tristes, a alma num quebrantamento de morte. Não tivera coragem para dizer mais nada, que chegava a pensar em suicídio, com a suprema desilusão daquele divórcio prematuro, que ia para o colégio e ficava andando na rua, horas seguidas, sem destino, com vontade que lhe caísse uma casa em cima, de que o viaduto desabasse, no momento em que fosse passando. E que nem dera aula, nem fora ao jornal, no esbarrondamento da sua vida. E que só tinha energias para traduzir em versos, de uma negra coloração leopardiana, o trágico desabar do seu castelo de sonhos.

Foi ao voltar para casa, de uma dessas caminhadas intérminas, a barba por fazer, os olhos desgarrados, que ele surpreendeu a esposa dando corda ao relógio. Parou, estupefato. Maria Rosa voltou-se, colhida em flagrante. Sorriu, vencida. E os seus braços se abriram como o "Porto de Salvamento" que ele cantava, na manhã seguinte, num longo poema, destinado a fazer furor nos recitais futuros...

O Feijão e o Sonho

25.

MAS NÃO ERA SÓ DO PONTO DE VISTA FINANCEIRO que o poeta desapontava. Ele era dos livros. Já no tempo de noivo esquecia muitas vezes a companheira, mergulhado na leitura de um jornal ou de um livro. Volume que lhe caísse nas mãos era dia perdido. Não se lhe arrancava uma palavra, enquanto não terminasse a leitura. Felizmente ela não tinha em casa aquilo que já antevia ser o grande rival do seu amor. E quando ele aparecia de brochura debaixo do braço, para noivar, o primeiro cuidado de Maria Rosa era escondê-la. Senão, cadê Juca!

E o mais triste é que ele não tinha outro assunto. Todas as conversas se arrastavam, até ser encontrada uma deixa. E enveredado pelo carreiro, não havia mais o que o tirasse. Porque escrevera o *Crepúsculo*, porque ia escrever não sei o quê, porque o *Crepúsculo* não satisfazia mais, porque era preciso publicar coisa nova. Já repudiara o volume. Julgava-o produção inferior. Tinha em mente isto, tinha em mente aquilo. Então, sim, faria nome. E falava nos amigos de São Paulo, em poetas, em literatos. Perguntava-lhe o que pensava de Daudet, se gostava de Maupassant, recitava um poema de Whitman — em inglês, minha gente! — como se Maria Rosa estivesse profundamente interessada em todo aquele aranzel* de nomes de livros e de gente estrangeira.

Creusa, não mais entendida que Maria Rosa, tinha mais paciência. Também, não teria que aturá-lo a vida inteira. E antes ouvir a história atribulada de Dostoiévski ou as aventuras romanescas do velho Dumas Pai, do que saber que o Pires estava esperando uma boiada de Mato Grosso e que o Felisbino mais cedo ou mais tarde estaria com o nome nos jornais, com títulos protestados. Já havia hipotecado até o sitieco recebido como herança do avô!

Mas ela sentiu bem toda a extensão da rivalidade que teria na poesia e nos livros de Juca, foi depois de casada. Compreendeu muito cedo que não passava de um acidente na sua vida. Quando muito, de um motivo. Lara queria-a para musa, inspiração, assunto. Todos os seus gestos, todas as suas frases, todas as suas atitudes, os incidentes mais banais da sua vida já tinham sido transplantados para o verso.

A princípio, ficara lisonjeada. Sempre julgara uma glória inspirar um soneto. Que raras mulheres o conseguiriam. Que só algo de fenomenal, de superior, de extraterreno, poderia fazer uma criatura figurar numa poesia. Mas quando viu tudo na sua vida ser pretexto, que o seu modo de rir já inspirara uma dúzia de sonetos, que os seus olhos provocavam poemas inteiros, que

....
* Discurso prolixo e enfadonho. (N.E.)

O Feijão e o Sonho 115

seu corpo era cantado em odes e baladas e que, só por surpreen-
dê-la uma vez de chinelo sem meias, ele escrevera vinte e tantas
estrofes, aquilo de musa inspiradora pareceu-lhe a coisa mais
banal e desinteressante. Ficava até admirada de ver Creusa pedir
ao Lara, com empenho, que lhe escrevesse versos.

— Nem que seja um sonetinho bem pequeno, sim?

Noivos, Gomes trazia diariamente doces, fitas, perfumes.
Lara trazia versos. E enquanto Creusa enriquecia o enxoval, ela
ia formando a biblioteca. Era a *Inocência,* de Taunay, a *Evange-
lina,* de Longfellow — um livro pauzíssimo —, *A cabana do Pai
Tomás, Amor de perdição,* em geral umas histórias cacetes, que
acabavam sempre com gente morrendo.

Instalados em casa, Maria Rosa dificilmente conseguia
arrancar o marido ao pequeno escritório que organizara. Por
causa daquilo, de um quarto só para a biblioteca, já precisara
alugar uma casa vinte mil-réis mais cara. E ele não deixava o
escritório a não ser para, nos momentos de maior entusiasmo,
ler-lhe em voz alta uma página que lhe parecia mais bonita.

— Não é lindo? Não é uma obra-prima?

Obra-prima! Talvez a prima gostasse. Ela não.

O mais grave é que toda a ternura, todo o desvelo do
poeta, ficavam nos versos. Gostava dela. Não o duvidava. Mas
de um gostar repartido com livros.

— Venha dormir, Juca!

— Já vou, meu bem. Estou acabando um capítulo.

Dez minutos depois:

— Venha dormir, Juca!

— Um momentinho só, meu amor. Estou acabando uma página.

Meia hora mais tarde:

— Juca!

— O quê?

— Você não vem?

— Já vou.

— Então apague a luz. É mais de meia-noite!

— Sim, eu já vou. Estou quase no fim.

— Mas não acabou o tal capítulo?

— Espera. É um minutinho mais...

E cansada de esperar, adormecia, para só acordar quando Juca, sempre desastrado, deixava cair, com estrondo, o sapato no chão.

26.

POUCOS MESES DEPOIS, QUANDO ELA JÁ COMEÇAVA A PERDER A ES-PERANÇA, Campos Lara apareceu em casa radiante de alegria.

— Rosinha! Rosinha!

A mulher veio correndo.

— Grandes novas!

— O que houve?

Devia ser aumento de ordenado, emprego novo, algum aluno particular.

Campos Lara transbordava.

— Imagine você que eu estive com o Romano — você conhece? —, aquele que tem uma tipografia e papelaria na Rua 11 de Agosto...

Maria Rosa sentiu um frio pela espinha.

— Imagine você que eu estive conversando com ele agora de tarde — ele é um grande protetor dos escritores, um grande amigo dos livros — e, quando eu disse que tinha dois volumes prontos para o prelo, o Romano, espontaneamen-

118 *Orígenes Lessa*

te, sem que eu pedisse nada, foi dizendo que, se fizesse uns negócios que tinha em vista, publicaria um deles... Imagine, Rosinha! É mais um livro que sai. Eu até não sei qual publico primeiro, se *Mãe Vicência* — eu modifiquei o final, sabe? — ou o *Borba Gato*. Que é que você acha?

Maria Rosa riu no canto do lábio, onde já começavam a se formar algumas rugas.

— Quanto você vai ganhar?

— Como?

— Quanto você vai ganhar?

— Ganhar? Por quê? Ora essa!

Nunca lhe passara pela cabeça que livro de poemas fosse objeto de lucro. Dava graças a Deus que um livreiro estivesse disposto a fazer a bobagem de publicá-lo. Parecia-lhe até um crime pensar quanto em dinheiro lhe poderia render o *Borba Gato* ou outro qualquer poema.

— Você também só pensa em dinheiro!

— É claro! Ou é para fazer dinheiro, ou não compreendo por que é que você sacrifica tanto tempo, com prejuízo das aulas, sofrendo descontos no fim do mês, sem ganhar coisa nenhuma. Você se contenta com a vaidade de publicar o volume?

A palavra "vaidade" soou-lhe como nota insólita e intempestiva, mais dolorosa que todos os outros repentes da esposa.

— Vaidade, Rosinha?

— Se não é vaidade, o que é? Vocês dizem que as mulheres são vaidosas. Não sei por quê. Você é muito mais vaidoso do que eu...

O Feijão e o Sonho 119

Campos Lara contemplou-se de alto a baixo, viu o terno humilde, cheio de manchas em que nunca pusera reparo, espelhante nos joelhos. Vaidoso, ele? Mas se era preciso, a todo momento, que Maria Rosa lhe escovasse a roupa e o chapéu, arrumasse a gravata, endireitasse o colarinho! Não era ela própria que, a cada passo, lhe censurava o desleixo, a falta de modos? Maria Rosa não o acusava, todo dia, de sair como um judas, de parecer um mendigo, lembrando-lhe que aquele descuido era desmoralizador, prejudicava-o na sociedade? Ainda na véspera, ao consertar-lhe o nó da gravata, Rosinha dissera: "É por isso que ninguém dá importância a você, ninguém quer ajudar. A aparência é tudo". E Maria Rosa o vinha acusar de vaidade!

— Olhe, Juca, você é muito mais vaidoso do que pensa. Até esse relaxamento é vaidade, é para chamar atenção, é para se fazer superior!

Se alguém o esbofeteasse em praça pública, inesperadamente e sem razão, não o deixaria mais estupefato.

— Sim, você, a sua rodinha, os seus amigos, vocês não passam de uns convencidos, de uns pretensiosos. Nem todos levam a vaidade para a roupa, mas nem por isso são menos vaidosos do que qualquer mulherzinha. Eu já compreendi bem os tais artistas que você traz aqui. Todos são uns portentos. Cada qual é mais ilustre. Não passam cinco minutos sem que se elogiem da maneira mais ridícula. "Que gênio! Que grande poeta que você é!" "Não, gênio é você, poeta é você." E o pior é que todos acreditam. Dia em que ninguém te elogia você até emagrece!

— Rosinha!

— Olha o espanto dele, gente! Mas fique sabendo que eu digo a verdade. Você pensa que eu não vejo o pouco caso que esses trouxas fazem de mim porque eu digo verdades, porque não deixo cair o queixo quando começam a recitar as tais bobagens? Eu bem que vejo! Outro dia o Paulino começou com indireta, dizendo que os poetas precisam casar com mulheres que os compreendam... Pensa que eu não vi que aquilo era comigo?

— Você bem sabe que não era. É cisma sua.

— Cisma, não, meu caro. Notei até o seu jeito de mártir. Pois ouça esta: ninguém compreende melhor você do que eu! Vocês querem é que alguém se iluda! É por isso que você gosta de conversar com aquelas normalistas, filhas de seu Pereira, que vêm aí todo dia pedir autógrafo, copiar os seus versos. Umas tontinhas que não sabem nada, que não viveram, e que pensam que fazer verso é uma coisa do outro mundo.

— Mas isso não é vaidade, é a alegria de encontrar alguém que nos compreenda.

— Para compreender estou eu aqui. Justamente o que elas fazem é não compreender. E você vem dizer que não é vaidoso! O ingênuo! Então eu não vejo quando você escreve, quando vem me ler os versos, dizendo que agora vai fazer nome, vai ficar famoso, que os seus versos são um colosso e depois, quando chegam os tais amigos, você faz um ar modesto, que não tem nada que preste, que os versos não valem nada? Quando eles elogiam, você fica todo sem jeito, como se não estivesse concordando... Olhe, Juca, eu já tirei há muito a diferença de vocês todos... Quando uma de nós fala em comprar um vestido, quando

O Feijão e o Sonho 121

eu não quero sair porque acho que não tenho um vestido decente, você fica escandalizado, acha que eu vivo só pela aparência, para a opinião dos outros. E você?

Campos Lara tornou a olhar para o terno.

— Não. Não é uma questão de roupa. Mas você só vive pela vaidade de aparecer. Se você escreve só pelo gosto de escrever, por que é que não guarda os versos na gaveta, por que é que vem ler para mim que sou uma burra, e por que faz tanta questão de publicar essas coisas sem nenhuma outra vantagem?

O poeta nunca poderia ter previsto aquele ataque. Ergueu-se cambaleante.

— Está bem. Você não quer que eu publique o livro, não é? Pois não publico, está acabado.

Maria Rosa tornou a sorrir no canto da boca.

— Ué! Se quiser publicar, publique. O que eu não quero é que se repita o que aconteceu com o *Crepúsculo*.

E estendeu-lhe um cartão, chegado aquela manhã, em que a tipografia, em termos amáveis, lembrava-lhe que ainda restava um pagamento de cinquenta mil-réis que não fora coberto pelos volumes vendidos.

27.

IRENE, COMO PRIMEIRA FILHA, FORA UMA LONGA ESPERA ATRIBULA-DA. Sozinha em casa, o marido fora, a trabalhar ou esquecendo a vida, ao acaso dos encontros de rua, Maria Rosa via Campos Lara chegar em casa a correr sempre assustado. Parecia que, só no último quarteirão, ele se lembrara do estado da esposa, e apressava o passo, para descontar o tempo perdido, ansioso por saber se nada de anormal acontecera.

— Como vai? Como está, Rosinha? Não houve nada? Está passando bem?

Às vezes irritava-se ela com tanta solicitude, que lhe parecia postiça, ou apenas despertada pela sua presença. Estava certa de que, longe dela, nem uma vez se lembrara do seu sofrimento. Passava o dia pensando em versos, procurando rimas.

Campos Lara ficava todo atarantado em casa.

— Não, não faça isso, meu bem. Você se cansa!

E ia ele mesmo pôr a mesa, virando a farinha, derramando feijão, derrubando colheres.

O Feijão e o Sonho 123

— Não, meu bem. Eu mesmo acendo o fogo.

E queimava a mão, gastava fósforo.

— Você está boazinha?

Remorso, com certeza.

— Quer que eu sirva o seu prato?

— Não. Deixe que eu faço.

— Não, querida, não. Eu mesmo sirvo. Você não pode fazer esforço. Deve estar cansada.

E deixava cair o arroz fora do prato, imundava a toalha.

— Está vendo? Você não tem jeito para essas coisas. Em vez de ajudar, estorva.

Campos Lara entristecia outra vez. Tinha tanta boa vontade...

— Foi sem querer, Rosinha. Não leve a mal. De outra vez eu tomo mais cuidado. Mas você não pode estar fazendo muito esforço. Pense no que disse o médico.

Valia mesmo a pena pensar... Não fazia outra coisa, o dia inteiro, que lidar pela casa. Erguia-se pesadamente de manhã, com os pontapés da criança no ventre, numa constante agitação. Tinha a impressão de que eram duas, não uma só, brincando de pegador lá dentro. Um problema, sentar-se na cama. O corpo crescia, inchava. Não havia roupa que servisse. Já desmanchara todos os vestidos. Mal podia andar. As pernas tinham intumescido. Sentia tonteiras. E uma fome desesperada, a todo instante. Não havia o que chegasse. Certa vez comera uma dúzia de bananas-nanicas. Saía da mesa de olho arregalado. Felizmente passara o enjoo dos primeiros dias. Mas era um mal-estar infinito, um desânimo, uma vontade enorme de morrer. Parecia que morrer devia ser a coisa mais gostosa do mundo. Seu maior desejo era ter um abrigo, um peito em que se acolher. Se pudesse, mandaria buscar a mãe em Sorocaba. Mas a pobre escrevia, com lágrimas, que o reumatismo voltara, que havia dois meses padecia na cama e que nem sequer podia ir à casa de Creusa, na esquina, já à espera do segundo filho.

Campos Lara não sabia compreender aquele sofrimento. Fazia frases líricas sobre o drama espantoso da maternidade. Toda a sua angústia mortal só parecia sentida intelectualmente, só provocava reações literárias, não inspirava uma atitude profunda. Punha-o atormentado, sem rumo. Não sabia o que fazer. Todas as suas soluções eram ingênuas, absurdas, impraticáveis. Quisera tomar empregada — como se eles pudessem pagar! Falara em se transportarem para uma estação de águas, por causa dos rins, que não andavam bons — como se fosse possível! À primeira queixa da mulher queria chamar o médico, como se doutor fosse de graça. Tudo no ar. Mas um chá, uma papinha, alta noite, era incapaz de fazer. Para dar uma colher de remédio, derramava meio vidro. Para fazer-lhe um escalda-pés, despejara-lhe a chaleira fervendo no joelho. Um desastre! Meu benzinho pra cá, meu amor pracolá. Mas tudo sem préstimo. E incapaz de compreender-lhe a situação, de penetrar-lhe a psicologia, de sentir a sua tragédia.

Uma vez surpreendeu-a chorando, contemplando, seminua, diante do espelho do lavatório, a deformação crescente do seu corpo. O umbigo saltara. A pele rompera-se. Manchas esbranquiçadas estendiam-se horizontalmente pelas coxas, pelo ventre crescido.

O Feijão e o Sonho 125

— Que é que você tem, minha filha?

O desespero de Maria Rosa explodiu em queixas, em maldições. Estava deformada. Perdera a beleza do corpo. Nunca mais teria as linhas esbeltas do passado. Ficaria de ventre caído, de seios moles, de corpo riscado. Um estrago! Estava inutilizada para sempre! Maldizia a hora em que se deixara fecundar. Por causa daquela criança ia ficar um animal horrível, ridículo, grotesco.

— Tudo por sua culpa!

Campos Lara ficou horrorizado. Não sabia como Rosinha podia abrigar sentimentos tão vis, tão egoístas. E pela primeira vez foi duro. Chegou a chamá-la de monstro. Só um monstro podia amaldiçoar o filho que alimentava nas entranhas diante da possibilidade de prejudicar-lhe, por pouco ou por muito que fosse, a beleza do corpo. A maternidade era o que havia de mais sagrado. Destino, glória da mulher. Pelos filhos toda a Humanidade se sacrifica. No espírito, no corpo, na vida. E certo de ser aquilo uma imprevista, uma verdadeira aberração de Maria Rosa, censurou-a duramente. Que mal havia em que os seios caíssem, em que o seu corpo perdesse, se ia ter um filho, se um filho era o que havia de mais puro e mais nobre na terra?

Comoveu-se depois, vendo-a sentada à beira da cama, chorando baixinho. Quis abraçá-la. Maria Rosa repeliu-o com violência, como já inúmeras vezes fizera, depois de grávida.

Saiu para a rua desorientado, certo de lidar com um caso de hospício, não de maternidade.

Era assim a vida. Dia inteiro sozinha, raramente visitada por uma vizinha mais caridosa, cozinhando, lavando, varrendo, limpando, costurando, chorando, varada de angústia, acometida de pavores bruscos, sem saber o que se operava dentro do seu ser, inexperta e perdida diante do mistério, ou invadida algumas vezes por uma felicidade inenarrável, física, profunda, quando a criança vinha lembrar, num movimento brusco, que estava lá dentro, que existia já.

E tanto nas horas de mortal desespero como nos momentos de inexplicável doçura que os acasos lhe davam, que necessidade desamparada, infantil, de um peito amigo! De ficar pequenina, pequenina, para que alguém a recolhesse entre os braços. Ah! se Juca estivesse ali ao seu lado! E como era inútil que estivesse!

Porque, por mais que o desejasse, e mesmo que Juca a procurasse, uma coisa estranha, uma repugnância instintiva, algo de misterioso a separava do esposo. Desde os primeiros dias de gravidez sentira aquilo. Parecia desprender-se do corpo dele um quer que fosse de repulsivo, insuportável. Não diminuíra o amor, que todos os acontecimentos anteriores não haviam destruído. Mas uma incompatibilidade física violenta, incoercível, a obrigava a afastar-se. Era pensando nela que se conformava com sua ausência prolongada e constante. Não precisaria sofrer a emanação absurda, a exalação pestilenta que irradiava da sua figura e que nada explicava. Cada carícia do esposo era um suplício. E certa vez o suplício foi tal que, quase involuntariamente, Maria Rosa falou. Não sabia por quê, não levasse a mal, mas, em consequência da gravidez, isso acontecia, sentia um cheiro horrível no marido.

O Feijão e o Sonho 127

Campos Lara recuou, aniquilado. Até aquilo!

— Mas é impossível!

— Eu sei, Juca. Não é culpa sua. É impressão. É da doença. Mas eu não posso.

— Mas, Rosinha, eu...

— Não se zangue, Juca. Você pode perguntar a qualquer mulher. Dona Cecília já tem cinco filhos e, toda vez que está grávida, é a mesma coisa. E com ela é pior. O marido fica com cheiro de rato...

Campos Lara, pálido, sentou-se humildemente, esmagado, no sofá. E tão quebrado e tão vencido, que Maria Rosa, num esforço para além de humano, arrastando a filha irrequieta — aquela barriga redonda era menina, na certa — foi consolar o marido, mais desamparado, mais infeliz do que ela.

28.

QUE LUTA, NOS ÚLTIMOS DIAS! Quase quinze quilos mais gorda! As pernas inchadas. O médico recomendara um regime quase impossível de seguir. Não provar sal. Frutas, comidas leves. Quando via o marido, muito pálido, de olhos inquietos, sentado à mesa, perguntando, trêmulo, pelo seu estado, fugia para a cozinha. Que vontade de provar feijão, um caldinho de arroz... com sal! Só não queria morrer, só queria atravessar aquele calvário para degustar, um dia, um prato violento, apimentado, cheio de sal, de alho, de temperos. Valia a pena viver para aquilo! A criança, no ventre, parecia não ter mais sossego.

— Isso é capaz de ser menino — dizia a vizinha. — A barriga é de quem vai ter mulher, mas só menino judia assim da gente — afirmava, com sua longa experiência. — Homem maltrata a gente até antes de nascer. Mulher nasceu pra ser desgraçada.

E dava graças a Deus por ter perdido a única filha. Os seis garotos que a atormentavam, dia e noite, pelo menos não teriam de passar por aquelas horas sem par. Vinha agora mais

O Feijão e o Sonho 129

frequentemente consolar a amiga, penalizada pelo seu destino. Consolava-a dizendo mal dos homens. Seu marido era também um monstro. Só aparecia em casa para lhe encher a barriga. E saía cada meninão que parecia um bezerro.

— Destino da gente é esse. Padecer. Homem é só regalar... Deus não fez o mundo direito. Eu queria que meu marido ficasse grávido só uma vez, pra ver se é bom... Pensa que é brinquedo...

A amiga tricotava. Maria Rosa nem tinha coragem. Ficava com os grandes olhos bovinos, numa resignação muçulmana, perdidos ao longe. Mas ouvia a companheira a rezingar contra a vida. Felizmente fizera antes o enxoval modesto, as fraldas, os cueiros, as camisolas, aproveitando roupas velhas, retalhos, uns metros de flanela que a mãe enviara de Sorocaba. (Coitada, cada vez mais doente. Aquele reumatismo havia de levá-la ainda!)

Campos Lara, nos últimos dias, redobrara de solicitude. O cheiro, graças a Deus, fora desaparecendo, ou se acostumara com ele. O marido sofria com ela, quase mais do que ela. Revelara-se o outro lado de sua vida. Carinhoso, paciente, prestimoso até. Ficava mais horas em casa, chegava mais cedo, multiplicava-se em pequenas atenções, de todo inéditas. Um custo mandá-lo para o trabalho. Por gosto dele, ficaria ajudando, arrumando, consolando. Em contato pela primeira vez com a realidade, com o sofrimento, com o insondável mistério da vida, tendo a vaga intuição de que algo de grande e de trágico se processava, Campos Lara ficava desorientado, num espanto comovido, diante da esposa cuja agonia interior lhe adoçara as arestas.

O simples fato de concordar em que ele faltasse às aulas, algumas vezes, de não protestar contra os seus sapatos, que chegavam sujos de lama, demonstrava que alguma coisa de profundo acontecia.

Fazia por adivinhar-lhe o pensamento. Integrava-se no seu estado. E para Maria Rosa não havia, agora, nada mais confortador do que aquele novo Lara, cujo sofrimento, pela primeira vez, não se traduzia em versos, rebelado, pela primeira vez, contra a cadeia dourada dos sonetos.

29.

MADRUGADA.

— Eu acho que é agora, Juca.

Campos Lara pulou da cama.

— Será?

— Estou sentindo dores há muito tempo. Vem uma dor aguda, passa, volta depois. E parece que estou perdendo água.

Campos saiu correndo, desesperado, foi bater à casa da vizinha, foi procurar a parteira, dois quarteirões abaixo. Deus permitisse que ela não estivesse ocupada. Não estava. Ergueu--se com sono, sem pressa.

— Venha, venha já, dona Conceição. Está na hora.

— Calma, seu Juca. Pode ser rebate falso.

— Não, não é. Tenho certeza. Venha, pelo amor de Deus!

— Ora, seu Juca. Isso não tem essa importância. É coisa à toa. Ela ainda tem uma porção de horas pela frente. Não é preciso correr.

— Mas venha, venha, pelo amor de Deus. Venha logo.

Foram. Já da rua se ouviam os gemidos roucos, angustiados, angustiantes.

A parteira foi entrando, à vontade, sem precipitação, acostumada com todo aquele aparato espetacular. Os gemidos pararam.

— Está vendo? Enquanto isso, ela descansa. Há um intervalo entre cada dor. Depois elas vão-se aproximando. A coisa é para amanhã lá para o meio-dia, não duvido nada.

Campos Lara, de olhos febris, o cabelo revolto, aproximou-se timidamente do quarto, sem coragem de entrar. A vizinha animava-lhe a esposa.

— Não se assuste, minha filha, não tenha medo. É assim mesmo. Todas nós temos que passar por isso. Mas tudo passa. Amanhã você nem se lembra mais. E vai ver que beleza de menina. Já escolheu o nome?

Maria Rosa não respondeu.

A cabeça de Campos Lara apareceu à porta.

— Como vai, meu bem? Não há de ser nada.

A mulher tinha os olhos desvairados, a cabeleira se espalhava, longa e negra, pelo travesseiro.

— A parteira chegou, ouviu?

Com os olhos de infinito desamparo, Maria Rosa falou:

— Quedê mamãe, Juca? Mamãe não vem?

Ele gaguejou.

— Não veio, minha filha. Não vai ser nada. Ela está doente. Mas não tenha medo, é coisa à toa. Quando você menos espera, está livre.

O Feijão e o Sonho 133

Maria Rosa pôs-se a chorar baixinho. De repente, deu uma estremeção, jogou a cabeça para trás. A voz era uivada.

— Meu Deus, meu Deus!

Juca foi chamar a parteira, a mulher já vinha, tinha fervido os ferros, lavara as mãos, entrava risonha.

— Ora, menina, que luxo, que gritaria é essa? Ninguém vai morrer aqui. Isso não é tão feio assim. Olhe, hoje eu já fiz nascer duas crianças. Com esta são três. Daqui a pouquinho você está livre.

E indiferente aos gemidos:

— Deixe ver.

Pediu o auxílio da vizinha.

— Tire o cobertor. Tire, tire tudo isso daí. Coberta não serve pra nada. Deixe ver pra quando é.

Maria Rosa silenciou outra vez.

— Descanse, minha filha. Não fique assustada assim. Agora você vai ter um descansozinho. Não adianta gritar à toa. Poupe as forças pra hora.

Examinou melhor.

— Está tudo bem, minha filha. A cabeça está bem colocada. Não tenha medo. Vai ser uma brincadeira, ouviu?

Acariciou-lhe a cabeça, comoveu-se ante os olhos desgarrados da moça.

— Ora, menina, não faça esse ar! Você não vai sofrer nada! Eu ainda não perdi uma criança! Você vai ver que beleza de filha... eu garanto que é menina...

Maria Rosa, que sentia as dores voltarem, começou a

gritar. Não, não queria filha, não queria filha para sofrer também, para passar aquela hora.

Cansou de falar. Gritava. Uivava. Contorcia-se. Erguia o ventre. Jogava a cabeça para trás, trincava os dentes.

— Aaaai! Mamãe! Mamãe! Mamãezinha! Meu Deus, meu Deus! Eu não posso mais!

A amiga consolava. A parteira observava.

— Vai indo tudo muito bem. As dores estão se amiudando. Vai sair mais depressa do que eu pensava.

E dava recomendações à vizinha.

Fora do quarto, na suprema angústia de sua vida, Campos Lara sentiu que ia enlouquecer. Pensou em sair para a rua, gritando. Lamentou que não houvesse alguém para o animar, para o consolar. Passeava agitado pela casa, arrancava os cabelos, sentia-se culpado por tudo aquilo, sentia que os gemidos da mulher entravam-lhe como punhais pela carne. Por que não mandara buscar dona Nair, mesmo doente, por que atendera aos rogos da mulher, sempre corajosa, que não quisera aumentar o sofrimento materno? E se Maria Rosa morresse? E se tudo aquilo tivesse um desfecho trágico? E arrancava os cabelos, e mordia os punhos, tropeçando, insensível, pelos móveis, indo à cozinha, voltando à sala, tapando os ouvidos.

— Meu Deus! Meu Deus!

Chegava até junto à porta, queria entrar, a ver se podia fazer alguma coisa, horrorizado. Afinal, criou coragem. Apontou a cabeça.

— Posso fazer alguma coisa, dona Conceição?

O Feijão e o Sonho

— Não. Saia. Vá passear. Marido só serve para atrapalhar. Vai indo tudo direitinho, graças a Deus. Sua mulher vai ter uma filha que é uma beleza.

Sentiu um grande alívio. Nem teve coragem de olhar a mulher. E tornou a correr, atarantado, ouvindo novamente os gritos dilacerantes da esposa.

Quando os gritos se amiudaram, apavorado, dentro de um pesadelo, Campos Lara ganhou a rua.

30.

MARIA ROSA NEM ACREDITOU. Uma placidez imensa dominou-lhe o corpo. Navegava mansamente, num mar bonançoso. Parecia voar. Agora flutuava leve e sutil, no espaço, como em todos os sonhos durante a gravidez. Tudo acabara. Ouvia a doçura infinita, a suprema alegria daquele choro infantil.

— É menina!

Cerrou os olhos suavemente, sem coragem, sem forças para sentir toda a felicidade daquele momento.

— Uma filha!

Estava longe todo o sofrimento inaudito daquelas horas. Nem se lembrava mais de haver sofrido. Uma filha... Estendia o olhar devagarinho para ver, tímida, cansada.

Nem queria pensar. Era uma alegria física, primitiva, animal, um bem-estar que nada poderia definir. Era uma coisa no corpo.

Pareciam chegar de um mundo distante aquelas vozes. Viu sangue. Viu gente falando. Viu coisas revoltas. Ouviu um vagido manso, doce, pequenino.

O Feijão e o Sonho

— É preciso pesar a criança.

— Quedê o pai?

— Que belezinha!

— Que graça!

— Que amorzinho!

Um torpor manso foi-se apoderando do seu corpo. Ah! ia dormir!

31.

CAMPOS LARA NUNCA PODERIA DIZER ONDE ESTEVE. Subira pela rua desvairado, como louco. Sabia que andara gritando, que chorara, que julgara chegada a sua última hora, que era um monstro.

Voltou depois. Era de madrugada ainda, ou já era dia. O mundo era uma coisa estranha, uma tempestade interior. O mundo não havia.

Viu fechada a casa. Deixou-se dominar por um desespero alucinado, correu à porta, bateu, bateu furiosamente. Que havia acontecido? Rosinha morrera? Acontecera alguma desgraça?

A vizinha veio abrir.

— Meu Deus! Que barulho! O que é isso?

E vendo o seu ar de alucinação:

— Que é isso, seu Juca? Não houve nada! Está tudo bem!

— E Maria Rosa?

— Acordou agora.

— Mas não morreu? Está tudo bem?

O Feijão e o Sonho 139

— Ora! Venha ver que beleza de filha! Venha ver que amor! É a cara do pai!

E conduziu-o para o quarto. Maria Rosa acordara. Tinha os olhos mais doces, tinha os únicos olhos em que jamais Campos Lara conseguira ler a felicidade.

— Maria Rosa!

— Juca!

Atirou-se de joelhos, chorando, junto à cama.

Ela passou-lhe os dedos aveludados pelos cabelos.

— Veja a sua filhinha...

Campos Lara olhou. Era um embrulho de pano, ao lado da mãe. Uma coisa minúscula que dormia, os beicinhos roxos, dois pontinhos abertos no nariz.

Quis ver melhor, não pôde. Os olhos se inundaram de lágrimas. Os dedos da esposa lhe acariciavam os cabelos.

— Minha filha!

Beijou longamente a esposa.

— Deixe ela dormir agora — disse a parteira, já de saída. — Ela precisa de descanso.

Campos Lara obedeceu. Renascia. Um sentimento de ressurreição, a certeza de que se prolongara, de que ingressara no tempo, de que agora não morreria mais, de que não era um ponto final. Ela, ele, eles continuariam na vida, na glória daquela filha.

E a lira emudecida vibrou de novo dentro do seu coração, hino triunfal, canto festivo. Correu para a mesa de trabalho, havia muito abandonada.

"Glória!"

Glória foi o nome do poema que lhe irrompeu impetuoso, na alma renascida. Glória seria o nome da filha.

Mas não foi. Maria Rosa não gostou do nome. Glorinha era a criatura mais faladeira de Sorocaba. Glória lembrava literatura. Maria Rosa não quis. Mas aceitou Irene, que em grego era Paz.

32.

IRENE NÃO FOI A PAZ. Foi mais trabalho, foi mais pobreza, foi miséria. O orçamento, dificilmente equilibrado, rebentou de uma vez. A menina era fraquinha, chorava dia e noite, um tormento sem fim. Campos Lara, que tinha adoração pela filha, perdia logo a paciência, exasperava-se. Não podia trabalhar em casa, não podia ler. À noite, apesar do choro da criança, dormia como pedra. Não havia jeito de fazê-lo acordar, de conseguir-lhe uma ajuda. Isso quando não perdia o sono, agitado por algum livro em perspectiva. E então explodia. Ralhava, gritava, protestava. Abrandava de repente, pegava a criança nos braços, punha-se a passear pelo quarto. Aquilo inquietava ainda mais Maria Rosa. Quando Campos Lara cantarolava, andando pelo quarto, para ninar a filha, esquecendo os versos, deixava-se tomar por uma sonolência invencível. O ninado era ele. E Maria Rosa precisava ficar alerta para, quando os esbarrões se amiudavam, quando a voz baixava, cada vez mais lenta, correr em auxílio da criança.

— Vá dormir, meu filho. Eu tomo conta...

Juca obedecia, metia-se nas cobertas, ressonava logo.

Com dois meses faltou o leite a Maria Rosa. Novas angústias, novas despesas. E a vida do casal foi afundando cada vez mais. Aberto o caminho, um ano mais tarde, vinha Anita. Dois anos mais tarde, Joãozinho, nome do avô. E assim como Rosinha se acostumara com os versos do marido, banalizados pela frequência e pela facilidade, Campos Lara se acostumou com o sofrimento da esposa.

Via nela os repentes de fundo econômico, a diversidade de gênios, a diferença de educação e de temperamento. E como eram males insanáveis, à prova de esforço, resignou-se, passou a viver no seu mundo, dentro das suas fórmulas livrescas, das suas criações mentais, ouvindo sem revolta, fatalisticamente, os protestos, as censuras, as acusações, refugiado, para sempre, na sua arte.

Debalde Maria Rosa o chamava à realidade. Em vão acusava-lhe a poesia, ridicularizava seus modos, verberava sua incapacidade para a vida, mostrando os filhos famintos, as roupas velhas, os móveis gastos, a louça quebrada e a biblioteca, sempre em ascensão, cada vez mais sortida.

Um dos livros mais vitoriosos de Campos Lara tinha este nome simples: *Conchego*. Poemas de uma doçura infinita, para além de cristã, em que o poeta cantava a calma remansosa do lar, a alegria e a glória dos filhos turbulentos, promessas de sonhos, dádivas divinas. Maria Rosa perpassava por ele idealizada, como o anjo protetor, a boa fada, a suave inspiração. Irene,

O Feijão e o Sonho 143

Anita, Joãozinho, viviam, pulavam, cantavam naqueles versos simples, serenos, alados.

A própria Maria Rosa se espantava de que o marido, sempre desatento, sempre alheado, fora do mundo e da terra, houvesse visto, sentido tanto. Frases, gestos, graças, muxoxos, que havia olvidado, renasciam agora com tanta espontaneidade, com tal arte, com tamanha verdade, envolvidos em tal paixão, numa tão doce auréola de ternura, que ficou comovida. Aquele Juca era um mistério. Mas quando o viu exaltado, quando os jornais e revistas o alcandoraram às nuvens, como o poeta máximo, como o poeta do lar, como um São Francisco de Assis de bondade e de amor, Maria Rosa lembrou-se do pouco ou do nada que o marido passava em casa. E da miséria que na casa passavam, ele, ela, os filhos.

E teve inveja, uma grande, raivosa e funda inveja de Creusa, cujo marido só lia a *Lira do Capadócio,* cujo marido não era o poeta do lar, cujo marido estava longe de ser um São Francisco de Assis, sustentando mesmo uma espanhola para os lados do Ipiranga, mas cujo marido ganhava dinheiro, vivia em São Paulo como príncipe, tinha casa comissária na Rua Mauá, a mulher bem-vestida, os filhos gordos e a barriga cheia. Ele, a Creusa, os filhos.

33.

CREUSA, AGORA RICA, VISITAVA-A SEMPRE, CARREGADA DE PRESENTES para as crianças, roupas, brinquedos, bombons. Que humilhação! Como lhe doía a recordação dos tempos em que ironizava a prima, por causa do noivo. O homem de "Tietér" é que era marido. E quando Creusa se queixava das malandragens do esposo, Maria Rosa tomava-lhe a defesa.

— Ora, meu bem, você está se queixando de barriga cheia. O que é que tem que ele se divirta lá fora? Você alguma vez passou pelo vexame de uma cobrança, de ouvir desaforos na porta, de ser corrida diante da vizinhança? Algum dia ele te negou um vestido, um manto, um anel que você pedisse?

— Não.

— Então deixa que o homem pinte. Os homens são todos assim. Você não se lembra o que papai fez quando moço? Não vê o que todos os outros fazem? Isso de pintar é o menos, contanto que nada falte em casa.

O Feijão e o Sonho 145

— Mas a gente fica humilhada. A gente também quer carinho...

— Isso nenhum dá. Nos primeiros tempos é um mel que até enjoa. Depois é sempre a mesma coisa. Você até deve dar graças a Deus. Ele não vive amolando, não começa com ciumeira, como faz todo marido pobre, que não tem outra distração. E o que mais você quer? A criançada não está forte, bonita, bem-vestida? Olhe, não leve a mal, mas eu preferia muito mais ter casado com um Gomes a casar com um aluado como Juca...

— Mas o Juca pelo menos é bom marido...

— Bom marido? É o que você pensa. Um homem que deixa a casa na miséria, que não tem dinheiro para despachar uma poção na farmácia, que não tem crédito em parte nenhuma, que não põe nada em casa, a não ser filho... Filho o seu também põe, com a vantagem de alimentar. E o meu, que me deixa aqui sozinha, fazendo força, nestes trajes, com o corpo neste estado, tendo que fazer ginástica para arrumar e vestir as crianças?

— Mas é pelo menos uma criatura superior, um homem inteligente...

— Inteligente! Inteligente nos livros. Na vida, é o sujeito mais burro que eu já vi. Antes casar com um portuguesinho de armazém, mas ter cebola para temperar os pratos, poder comprar tudo o que é preciso para uma feijoada completa, ter uma boa garrafa de vinho na mesa, todos os domingos...

— Ora! Você diz isso por dizer!

— Você acha? Você pensa que tenho prazer em me humilhar desta maneira diante de você? Pensa que eu acho muito bonito ver você sair daquele palácio...

— Que exagero, Rosinha!

— Palácio, sim senhora, palácio. Coisa mais bonita eu só vi nos versos do Juca. Na vida, nunca. Eu até nem gosto de ir à sua casa. Quando nós fomos lá, no aniversário do Ivan, eu voltei chorando, chorei mais de dois dias.

Creusa teve pena. Pôs-se a consolar a amiga. Falaria com o marido. Gomes tinha relações, tinha amigos, poderia arranjar facilmente um emprego melhor para o Juca. Talvez até na casa comissária houvesse um lugar, talvez fosse possível dar um jeito. Com as relações do Gomes seria brincadeira arranjar um emprego de quinhentos mil-réis para começar.

Quinhentos mil-réis! Era um sonho! Era a felicidade. E Maria Rosa, agradecida, esperou, confiante, que o marido chegasse. Devia procurar o Gomes no dia seguinte. O Gomes salvaria a pátria.

Mas quando falou com Lara, o marido revoltou-se. Então pensava que ele precisava de esmola? Então achava possível que ele fosse trabalhar como escravo daquele idiota? Então julgava que ele, Campos Lara, estava disposto a acabar a vida examinando amostras de café, furando sacas, na porta da casa, para ver o tipo, como um cretino qualquer? Estava doida! Nem que ele quisesse. Não tinha jeito para aquilo. Só os Gomes, só aqueles imbecis podiam dar alguma coisa em café.

Maria Rosa, paciente, procurou convencê-lo. Sim, Campos Lara era um grande poeta. Fora feito para outra coisa. Es-

O Feijão e o Sonho **147**

pírito superior, ninguém duvidava. Mas a vida era assim. O Brasil era um país atrasado. Ninguém vive de escrever. Principalmente quem tem filhos. E as crianças estavam passando fome. Irene andava quase pelada. Anita não sarava mais da coqueluche. O menino parecia esqueleto. Com aquela vida, não formava leite, a criatura tinha que se aguentar com papas e mingaus. Tudo estava caríssimo. Já haviam sofrido um despejo. O aluguel estava atrasado. Seu Moreira disse que não esperava mais. Ficava feio viver de empréstimo. Ele achava humilhante pedir emprego, trabalhar com o Gomes, mas já mais de uma vez fora pedir-lhe empréstimos, para pagar no mês seguinte, empréstimos nunca pagos. Isto, sim, era triste. Trabalhando com o Gomes, ganharia mais, receberia dinheiro no dia certo, pagaria o que lhe devia, não precisaria mais negar-se a visitá-lo, com vergonha das dívidas, pagaria os outros, arrumariam a vida.

E com o seu tato fino de mulher:

— Você vai ver. Em pouco tempo você está cheio do dinheiro, poderá abandonar o emprego, dedicar-se exclusivamente à literatura. Com a vida arranjada, você poderá até escrever livros melhores, coisa mais pensada...

Campos Lara deixou-se convencer. Procurou o Gomes. O parente, industriado pela mulher, acolheu-o com simpatia. Sim, tinha um lugar. Não era muita coisa. Mas seiscentos mil-réis davam para ir tocando o barco. Quanto ganhava ele?

— Tre... trezentos e cinquenta.

— Pois então! Com seiscentos mil-réis você endireitará a

vida. E pode contar com aumento. Assim que você esteja dentro do negócio, que conheça o assunto, pode contar com aumento.

Chegou mesmo a acenar com o futuro. Talvez acabasse interessado na casa.

Campos Lara voltou triunfante. Despediu-se do colégio, onde era tolerado apenas pelo nome, que figurava com honra nos prospetos, deixou o jornal, onde o diretor intimamente se congratulou. Lara não rendia. E entrou para a casa. Mas uma semana depois deixava o emprego. Não aguentava o meio. Não poderia viver entre aquela burrada. E ficava agora sem apoio, sem qualquer fonte de renda.

34.

FOI AINDA O GOMES, O BURRO, o desprezado leitor da *Lira do Capadócio*, que lhe veio em socorro. Pagara o mês inteiro, fingindo dar muita importância ao serviço que lhe prestara o amigo, lamentando que ele não se acostumasse.

E, com um gesto de delicadeza, imprevisto num vendedor de café às toneladas:

— A casa até ganhou fama. Foi a melhor propaganda nossa. Quando souberam que você estava trabalhando conosco, que o poeta Campos Lara entrara para Gomes, Correia & Cia., nós subimos de importância. É pena você não continuar.

Não era maldade. Campos Lara tomou como ironia. Emburrou. O Comissário não se deu por achado. Pagou o mês inteiro, deu quitação das dívidas, ficou mais preocupado que o amigo, com a situação que se armara. Ele era em parte culpado. Não devia deixar que o Lara abandonasse os empregos anteriores. Devia prever a sua inadaptação. Mesmo porque não sabia coisa nenhuma, não entendia de coisa nenhuma. Os empregados da casa, ignorando a propriedade do termo, chama-vam-no de poeta.

— Ó poeta! Você viu aquela nota de despacho?

— Ó poeta! Poeta?

Campos Lara olhava, cachorro corrido, humilhado e feroz.

— Você não sabe onde foi parar aquele conhecimento de São Manuel?

— Ó coisa! Você, que é meio poeta, quer me ajudar a escrever uma carta para aquele vagabundo do Mendes? Eu quero dizer uns desaforos em bom português para aquele safado...

E Gomes começou a procurar solução. O ideal seria um emprego público. Mas não tinha ligações políticas, não sabia em que direção mover-se.

Foi quando, em conversa com um fazendeiro do interior, soube que estavam pensando, na localidade, em abrir uma escolinha. Se houvesse alguém disposto a ir para lá, ensinar, seria um achado. A escola pública não prestava. Garantia uns vinte ou trinta alunos, para começar. A cinco mil-réis cada um, dava para um professor ir tocando. O diabo era arranjar as carteiras.

Gomes achou que a coisa vinha a talho de foice. Ele montaria a escola. Tinha um amigo em condições.

— Mas é competente?

— Oh! Sim! É um colosso! É até um grande poeta, um parente meu.

— Parente seu? — perguntou o outro, incrédulo.

— Sim.

— Como se chama?

O Feijão e o Sonho 151

— Você deve conhecer de nome. É o Campos Lara!

— Quem?

— Campos Lara! O grande poeta Campos Lara!

Campos Lara ou João Silva, o nome era totalmente estranho. Mas o fazendeiro concordou. Fecharam o negócio.

E veio Capinzal.

35.

EM CAPINZAL O BOM CAMPOS LARA FRACASSARA TAMBÉM.

A princípio fora uma festa. O próprio Chorinho da Baixada, regido pelo Nhonhô, fora mobilizado para a inauguração da escolinha. O Chico Matraca fizera um discurso puxado, repleto de citações de almanaques e de folhinhas, que viera, com os anos, entesourando na memória. "Tenra e delicada é a flor da amizade. Mas se o verme da desconfiança a morde, fecha doridamente os olhos e fenece." Pensamento lindo! Como esse, Chico Matraca sabia inúmeros, que citava a todo propósito, abrindo mão, honestamente, da paternidade: "é como dizia o filósofo"...

No discurso de recepção, Chico Matraca atingira o clímax de sua carreira. Num júbilo festivo e alcandorado*, a poética e viridente Capinzal via chegar, em passos sutis, pisando levemente a alfombra** ainda úmida do suave orvalho da manhã,

....

* Exaltado. (N.E.)
** Tapete espesso e macio. (N.E.)

O Feijão e o Sonho 153

com sua sandália de ouro, a voz do progresso e da instrução. Uma era nova se abria aos filhos diletos daquele idílico e aprazível recanto da nossa imensa e idolatrada pátria. De agora em diante Capinzal, iluminada pelo facho da instrução, ingressava neste imenso, colosso gigante, como dissera o poeta, para lutar ombro a ombro pela grandeza deste amado Brasil, onde os talentos cresciam espontâneos, brotando do húmus rico da terra feracíssima, privados, porém, de um cultivo que os poderia elevar aos maiores pináculos da glória. Não. Capinzal não poderia vegetar à sombra enquanto os outros centros de São Paulo alteavam-se pelo saber e desafiavam, pela cultura de seus filhos, as maiores nações da terra! Ele já dissera algures que ao Brasil só faltava a cartilha para ser o mais poderoso país do orbe terráqueo. Verdade maior não há. E a prova é que a vinda do magno poeta Campos Lara vinha iniciar uma era nova. Dentro de dois ou três anos, a intelectualidade pujante de Capinzal se alcandoraria aos páramos mais altos. Não que ele duvidasse do valor atual do nobre povo capinzalense. Não ignorava os talentos robustos que ali viviam, desajudados dos poderes públicos, mas capazes de ombrear com os maiores intelectos da culta Inglaterra ou da devassa França! Não! Longe dele tão ignóbil pensamento. Mas Campos Lara, de lira em punho, viera romper os grilhões que impediam voos mais altos sob o céu generoso e aurifulgente* que iluminava com seu calor, vindo do seio do Altíssimo, aqueles prados amenos, aquelas cam-

....
* Que reluz como ouro. (N.E.)

pinas verdejantes, aquelas suaves colinas, que arfavam como colos de virgem!

E enxugando o suor, e agradecendo os apoiados, Chico Matraca fez o elogio do poeta que descia do Parnaso, desistindo de cavalgar o Pégaso fogoso e indómito, para cingir a veste humilde mas excelsa do Mestre-Escola. Já aquele santo que fora imperador do Brasil, o magnânimo filho do augusto proclamador da nossa independência, dissera: "Se eu não fosse imperador, seria mestre-escola". Sim, senhores, era desse estofo o nobre bardo que preferiu olvidar por um momento a Lira em que dedilhara tantas obras-primas, para trabalhar pela alfabetização deste Brasil bem querido!

O discurso fora longo. A cada passo, como dissera o filósofo, Chico Matraca pensava que abrir escolas era fechar prisões, que a instrução é o fanal do progresso, que a ignorância amesquinha, o livro redime, que instruir os povos é fazê-los grandes. E perorando — oh! bendito o que semeia livros, livros à mão cheia! — abraçou o poeta, menos para abraçá-lo que para ser abraçado. Aquela oração devia estar fazendo tremer de inveja, na sepultura, as cinzas de Cícero, Demóstenes e Lopes Trovão.

36.

MARIA ROSA TINHA RAZÃO. Faltava jeito para lidar com os homens. Era um intratável. Era mesmo um traste. Em vez de cultivar amizades, encolhia-se na concha, palermão, feito lesma. Os outros aproveitavam a inteligência para subir, para agradar, para conquistar os mandões. Ele não. De que valia tanta inteligência se não soubera jamais conquistar a simpatia de um deputado, de um coronel, de alguém que o pudesse ajudar na vida? Dizia ter nojo da política. Muito bem... Que tivesse! Mas que não tivesse nojo dos políticos, porque são eles que mandam. Nem sabia direito os nomes dos secretários de Estado. Mas quando pegava na pena para escrever coisa que não fosse verso ou literatura inútil, era para atacar o governo, chamá-lo de desonesto, lorpa ou imoral, cavando inimizades, criando antipatia. Ainda bem que nem sempre os jornais publicavam. Campos Lara ficava revoltado e ia procurar o primeiro pasquim para divulgar a moxinifada*. Fora sempre assim. Em Capinzal era a mesma coisa.

E Maria Rosa indignava-se com o esposo. Nunca visitava o subdelegado, o subprefeito, os chefões da terra. Nem sequer fora agradecer ao fazendeiro, que lhe facilitara o arranjo da escolinha, a generosidade do gesto. E malquistara-se logo com o Matraca, o terrível, o furioso Matraca, uma das maiores influências da zona, íntimo dos fazendeiros, comensal da autoridade, que se carteava com deputados, secretários, até com o presidente do Estado. "O meu amigo Glicério, o meu velho amigo Rodrigues Alves..." Todos os chefes do partido, a que ele servia com dulçurosa lealdade, eram seus íntimos. E Juca, em vez de cultivá-lo, incompatibilizara-se logo com o homem. Que era um cretino, um safardana, um tranca. Tranca era ele, que nem amigos sabia fazer.

Nunca pisara em casa do Matraca, por mais que o rábula o convidasse. Preferia perder horas e horas no salão do Oficial, olhando, sem ver, quatro oleogravuras, marcadas de moscas, que lhe ornavam as paredes, lembrando episódios da história de Genoveva de Brabante, ou duas latas envoltas em papel crepom, de onde emergiam flores de papel de seda.

Quem era o Oficial? Um idiota! Um leguelhé! Mas Juca achava mais justo receber de graça e amparar o Empédocles e o Panfílio, a dar mais atenção aos dois rebentos do Matraca, Floriano Peixoto e Benjamin Constant, matriculados na primeira turma.

Desde a primeira semana Campos Lara tachara os meninos

....
* Confusão. (N.E.)

O Feijão e o Sonho 157

de burros como o pai e não queria perder tempo com eles. Em pouco, Matraca os transferiu para a escola isolada. E fora aquilo o início do descrédito. Se o próprio Matraca achou que os meninos não aproveitavam na escolinha do poeta, quanto mais os outros!

Matraca ainda fora delicado. Explicara ao Lara que, se retirava os pequenos, não era porque não estivessem aproveitando, é que a escola isolada ficava um quarteirão mais perto e ele queria estar sempre de olho com eles.

— O senhor sabe: criança, se não vê o cabo do relho perto, degenera.

Mas pelas costas Chico Matraca não perdia vasa. Campos Lara não tinha método, não conhecia pedagogia, só estudara, de aritmética, o necessário para contar as sílabas dos versos.

E os alunos foram saindo. A vila só esperava o pretexto. Um, retirava o filho porque na escola isolada o ensino era gratuito. Outro, porque as crianças eram mais úteis em casa ou no sítio, levando o cavalo para a invernada, cuidando dos porcos, dando bodocada em passarinho, estilingando sapo.

— Esse negócio de ler só serve pra cansar a vista. Daqui a pouquinho está tudo usando óculos.

Óculos, que na linguagem da terra era "zócre".

37.

NAS POUCAS VISITAS QUE, TANGIDO PELA MULHER, FAZIA à Bigorna ou à venda do Ribas, Campos Lara só conseguia acentuar a sua inabilidade. A gente da terra não fazia outra coisa senão matracar na vida do próximo. Um dia, Campos Lara apareceu muito canhestro, disposto a conversar.

— Viu que sem-vergonha que tá ficando a filha de seu Quim?

Campos Lara arregalou os olhos. Era o Chico Matraca ou o Zé da Nh'Ana.

— Não diga, Siô!

O homem falava. Que a mocinha parecia ter puxado pela mãe. Aquilo, se não casasse logo, caía na vida. Como é que um homem tão bom — quer dizer, bom, é modo de dizer, que ele tinha os seus podres — como é que um homem tão direito tinha uma filha daquela marca? Ota vontade de casar, Minha Nossa Senhora! Aparecia homem na terra ela ficava com fogo não sei onde e caía em cima. Até com o Juquinha Santiago,

O Feijão e o Sonho 159

aleijado daquele jeito, ela andava de namoro. Também, mulher só não casa com carrapato porque não sabe qual é o macho. A Doralice era assim. Diz que saía com o Santiaguinho atrás, capengando, olhando as pernas dela — vamos e venhamos, as pernas eram boas! — como se aquilo não fosse uma indecência. Deus que me perdoe, mas o Zé da Nh'Ana não punha a mão no fogo. Todo o mundo sabia que o Santiaguinho, apesar do defeito, era um mulherengo muito à toa. Tinha voltado uma vez de São Paulo ruinzinho do corpo, cheio de doença de mulher, que parecia que ia morrer. Diziam mesmo que havia feito mal a uma negrinha, na fazenda do pai. Deixara a menina de barriga e fugira. Foi um tempo-quente. O velho custou a abafar o escândalo. Não sei quem tinha dito que lá em São Paulo ele andava de pândega na Ponte Grande com uma italianinha casada. Teretetê, ele ia passear de tílburi com a sem-vergonha. O Venâncio da Chica tinha visto. Ou não sei quem. O Santiaguinho preferia andar de tílburi, porque o defeito não aparecia. E o Venâncio tinha visto os dois...

— Ela era bonita?

— Pra quem gosta de italiana, era... Pro meu gosto, não. Diz que essa gente não toma banho... Acha que tira a força... Deus que me perdoe!

Enfim, o Venâncio tinha visto o rapaz com a mulherzinha, passando a mão na canela da tal. Isso, no tílburi, pra toda gente ver! Por aí podiam calcular o que não teria feito com a Doralice, perdida por arranjar casamento.

— Pra mim — lembrou o Matraca — se ela quer até alei-

160 *Orígenes Lessa*

jado, é porque aquilo não anda bom. Com certeza ela quer trocar algum defeito...

— Ah! Com certeza...

E o farmacêutico informava que o velho viera mais de uma vez comprar a "Saúde da Mulher". Ele não usava. Mulher não tinha. Era viúvo. Era para a filha. Decerto pensavam que "Saúde da Mulher" tirava filho...

— Não é à toa que eles têm aquela plantação de arruda...

Um outro ficou horrorizado. Tirar filho era até pecado. Como é que seu Quim deixava? Seria o caso de falar com o vigário. Aliás, o vigário não era lá essas coisas. Padre Alberto, sim, fora homem direito. Tinha deixado uma porção de afilhadas em Lençóis, mas isso do tempo de moço. Depois de velho ficara um santo. Era louco por dinheiro, mas ninguém é perfeito neste mundo. Não trazendo os cobres, besteira pedir, porque ele não encomendava mesmo o defunto. Tirando isso, não era má pessoa. Mas o vigário de agora, Nossa Senhora que me perdoe, era do apá virado... Cozinheira podia ser preta, mas tinha que ser casada e moça. Não viam então que ali havia marosca? E depois; aquela mania de viver agradando menino, distribuindo santinho...

— Você quer um santinho, meu filho? Então passe lá em casa.

Por que é que não dava na rua mesmo? E por que é que não dava santinho pra criança suja? Mandava tomar banho primeiro, limpar as orelhas e trocar de roupa... Não gostava de criança craquenta. Mania de limpeza. Por que é que só fala-

O Feijão e o Sonho 161

va em limpeza com criança? Estava-se vendo logo a intenção. Não sem justo motivo Matraca mandava buscar os santinhos em São Paulo e não deixava que os filhos aceitassem nada do padre. Só iam ao catecismo, porque ele ia junto. E a Chica do Venâncio já havia dito aos filhos que nada de andar tomando banho pra agradar o vigário. Aquilo era safadeza. O Oficial, também ele, já tinha pensado em tirar os filhos até do catecismo, desde o dia em que o vigário, elogiando muito a esperteza do menino, dissera que, se deixasse de dar estilingada em passarinho, ganharia um pacote de balas.

— Felizmente o Empédocles não vai em conversa de padre. No mesmo dia ele matou três sanhaços.

Campos Lara ouviu tudo num constrangimento infinito. Constrangido, especialmente por não ter o que dizer, por não falar. Podiam pensar que era orgulho. E para dizer alguma coisa, mesmo porque, a ser verdade, o padre seria um monstro, ele, que era livre pensador, aparteou:

— Mas como é que a Igreja tolera homens assim?

No dia seguinte toda a vila o sabia: Campos Lara acusara o padre de perverter as crianças e queria incitar o povo a expulsá-lo da terra.

38.

— O QUE É QUE VOCÊ ANDOU DIZENDO CONTRA O PADRE? — perguntou dois dias depois Maria Rosa. Campos Lara acabava de sentar-se à mesa de pinho, queimada de ferro, onde se passava roupa e onde, nas horas vagas, escrevia seus versos. Olhou espantado.

— Eu? Nada.

— Eu acho que você andou aprontando alguma das suas. A vila está fervendo.

— Que eu saiba, nada — insistiu Campos Lara, sem atinar com a coisa.

— Pois olhe, eu não me admiro muito se você for enxotado daqui a rojão e toque de caixa...

— Você está doida, Rosinha. Eu nem conheço o vigário. Vi-o apenas uma ou duas vezes. Nem sei direito o nome dele.

— E se não sabe, como é que andou inventando calúnia contra o pobre?

— Calúnia? Mas de onde é que você tirou tudo isso? Você não deve estar boa.

O Feijão e o Sonho 163

— Quem sabe se sou eu... O que eu posso garantir é que toda gente anda fula da vida. Como é que você tem coragem de caluniar um santo daquele, como é que você, um sujeito de fora, vem para Capinzal lançar veneno contra as famílias da terra...

Campos Lara encarou, grave, a esposa.

— Mas você está falando sério?

— Você me acha com cara de palhaço? É sério, está claro que é sério!

— Mas eu não sei nem a respeito de que você está falando...

— Pois eu não estou falando grego, pode estar certo. Nem mesmo em verso. Todo mundo sabe que você andou dizendo, na Botica, que o Padre Mendes é um indecente, que andou abusando dos filhos do Oficial, que convidou o filho do Matraca para ir no mato com ele...

Campos Lara ergueu-se:

— Vocês estão doidos!

— Doido ou não, é o que toda a vila diz. Dona Generosa veio horrorizada me perguntar até se você não era bíblia...

— Bíblia? Ora essa!

— Sim, porque você quis arrastar na lama o coitado do padre... Que você disse que tinha visto o vigário nu em casa com a Serafina...

— A preta?

— A preta. Isso mesmo.

— Mas da cabeça de quem saiu tudo isso?

— Dizem que foi da sua. Que você falou até que a escola não ia adiante porque o vigário queria criar uma escolinha só para ter as crianças mais perto.

— Só um bandido podia inventar uma coisa dessas!

— É de bandido, mesmo, que estão chamando você.

E dona de casa:

— Eu fico desesperada! Fazendo o possível por dar um jeito nesta miséria de vida, trabalhando feito uma burra, quando tudo começa a tomar rumo, a escola querendo crescer, você, com essa mania de atacar a igreja, arma uma entaladela dessas.

— Mas eu não armei coisa nenhuma! Se eu disse que mal conheço o padre...

— Então como é que foi dizer que tinha visto o padre dando banho não sei em que menino, creio que no filho de dona Generosa?

Campos Lara teve a impressão de estar à beira de um abismo a se abrir, inesperado, a seus pés.

— Mas isso é uma infâmia! Eu nunca disse uma coisa dessas! Isso é invenção de algum inimigo meu!

— Pode ser. Mas o fato é que a vila está cheia. E você não sai facilmente da entalada. Se ouvisse o que eu ouvi da dona Generosa, da Sinh'Ana, da vizinhança toda... Só hoje é que soube, mas desde anteontem que não há outro assunto. Até já mandaram chamar o padre, que está em Botucatu, visitando uma tia...

— Pois bem. É melhor assim. Eu mesmo vou falar com o padre e esmago essas víboras!

O Feijão e o Sonho 165

Desistiu de escrever. Saiu para a rua, à procura da velha gameleira amiga. E só então reparou que, na véspera, faltara a classe quase toda e, naquela manhã, dera aula apenas ao Haroldo.

39.

O VIGÁRIO AINDA NÃO VOLTARA. Trêmulo de ódio, porque passara o dia remoendo a infâmia, e desejoso de pôr tudo a limpo, Campos Lara dirigiu-se à noite para a Bigorna. Terra pequenina e miserável! Serpentes venenosas! Ouvira, com invencível nojo, aquelas calúnias, suportara, com profundo asco, todo aquele babujar de fel sobre as vidas alheias e acusavam-no agora de autor de tanta miséria, de tamanha baixeza! Como era imunda e repelente a Humanidade! Como era insultar os cães chamar um homem de cachorro! E disposto a esbofetear o primeiro infame que se apresentasse, irrompeu na farmácia.

Ninguém imaginaria possível tal transformação no pacatíssimo Lara. De seus olhos azuis, saíam chispas de ódio. Todo ele crescera. Tinha um punho forte, fechado. Ao vê-lo de longe, a assembleia silenciara. Campos Lara avultou na porta, encarou os presentes, durante alguns segundos, procurando descer-lhes pelo olhar abaixo.

— Boa noite!

O Feijão e o Sonho 167

A saudação estalou como chicotada. Ninguém respondeu.

— Boa noite!

Novo silêncio.

Campos Lara começou a tremer. E com voz forte, pausada, enrouquecida, pôs-se a falar, ele, que desconhecia todas as conveniências sociais:

— Quem foi o miserável que saiu por aí, dizendo que eu falei contra o padre?

Ninguém respondeu.

— Eu quero saber quem foi o canalha, o infame, o covarde, que saiu dizendo pela vila que eu falei contra esse padre que eu nem de nome conheço?

O farmacêutico, o Venâncio da Chica, o Oficial, dois ou três mais, pálidos, atolambados, continuaram olhando aquele homem inesperado, alto e grande, na noite estúpida, que os fulminava com olhos de fera acuada.

— Ninguém responde?

Ninguém respondeu.

— Não há um homem aqui para responder?

Dois ou três esboçaram um vago gesto de quem se sente insultado.

Campos Lara, com um soco, fez tremer o balcão, onde vidros e sabonetes saracotearam.

— Houve um cachorrinho que encheu a vila com uma calúnia miserável, dizendo que eu inventei uma porção de coisas contra o padre. Só podia ter saído daqui, onde anteontem vocês falaram não só contra o padre, mas contra a honra de uma moça que eu não sei quem é, e contra o resto do mundo. Aqui não se faz outra coisa. Quem foi esse porco?

O mesmo silêncio.

— Vocês não são homens!

Campos Lara tremia da cabeça aos pés, respirava alto e duro, o peito subindo, o peito descendo.

Entrou pelos olhos do farmacêutico, que tremia.

— Foi você?

Convocado inopinadamente, o homem readquiriu a personalidade, sorriu amarelo e servil, encolheu o ombro:

— Eu? Ora que ideia! Se eu não saio daqui!

— Você não disse uma palavra a meu respeito?

— Não, seu doutor.

— Você não disse a ninguém que eu falei mal do vigário?

— Não.

— Palavra de homem?

— Palavra de Deus — garantiu o outro.

— Está bem. Vejamos. Deve ser outro. Foi você?

Encarou o Venâncio.

— Se alguém disse que fui eu, mentiu. Eu quebro a cara de quem disse!

— Foi você, Oficial?

— Eeeeeu?!

— Foi você, coisinha?

— Como, doutor?

— Foi você?

— Deus me livre! Eu não me meto na vida dos outros!

O Feijão e o Sonho 169

— Você?

— Cruz, credo, seu Lara! Eu quero lá saber de histórias!

Campos Lara sacudiu uma risada nervosa.

— É curioso. A calúnia não tem dono... Não foi ninguém!

Continuou a descer pelos olhos daquele pugilo de homens acovardados.

— Mas... mas quem foi que lhe disse, doutor?

— Não importa quem disse. O que importa é que alguém disse, que soltaram a infâmia, que encheram a vila com essa miséria. E eu quero hoje desmentir esse miserável.

Sorriu:

— Mas parece que ninguém falou... pelo que vejo...

O Venâncio da Chica arriscou:

— Não seria o Matraca?

— Ah! Só se foi o Matraca — apoiou, solícito, o farmacêutico.

— Com certeza foi o Matraca — disse um terceiro.

— Está bem, eu espero o Matraca — afirmou Lara. Ele vem aqui, não vem?

— Não sei, disse vagamente o farmacêutico. Às vezes ele não aparece.

— Mas eu espero — disse Campos Lara.

E começou a passear em frente ao balcão, onde sorria um grande anúncio de dentifrício.

— Não quer sentar? — falou, solícito, o Oficial.

— Não, estou bem de pé!

Oficial tornou a ocupar o tamborete.

— Querendo, não faça cerimônia.

Campos Lara sentiu, naquele servilismo, que nem com o barbeiro podia contar. Era também inimigo.

40.

MATRACA APARECEU UMA HORA DEPOIS. O poeta esperara quase meia hora, passeando em silêncio, indo à porta, voltando a olhar, com distraído interesse, os remédios enfileirados nas prateleiras, lendo anúncios e cartazes.

Na farmácia, uma expectativa silenciosa, de raro em raro quebrada.

— Está com jeito de chover.

— Tomara, mesmo.

O homem da farmácia não ocultava o desejo de ver Campos Lara pelas costas.

— Pra mim, o Matraca não vem hoje.

— Tá com jeito — apoiou o barbeiro.

Novo silêncio.

— Com certeza houve alguma coisa em casa!

— Não duvido não — disse o Venâncio.

Nova pausa constrangida. Campos Lara concentrava a atenção no anúncio de um peitoral infalível.

172 *Orígenes Lessa*

— É capaz até de o Matraca ter viajado...

— Será? — indagou, ansioso, um terceiro.

Silêncio outra vez.

— Oh! diabo! — disse o farmacêutico. Tenho que aviar uma receita. Com licença.

E amável:

— Por que não senta, doutor Lara?

Lara olhou-o com ódio.

— Eu volto depois.

E saiu.

Quando o Chico Matraca chegou, foi um burburinho.

— Ih! seu Matraca, você não pode imaginar quem esteve aqui à sua procura!

— Quem?

— Faça ideia: o poeta!

— E daí?

— Disse que queria quebrar a sua cara.

— O quê?

— Pois é. Disseram para ele que o senhor tinha inventado esse negócio do padre com as crianças e ele tinha vindo pra encostar o seu nariz no chão...

— Ué! Que venha! — disse o Matraca, sorrindo. — Um homem é pra um homem. Venha que eu escoro! Vê lá se eu tenho medo de poeta! Eu ando mesmo com vontade de sentar o rabo de tatu naquele porqueira!

— Mas o homem está feito louco!

Só aí Matraca reparou no ar assustado de todos.

O Feijão e o Sonho 173

— Ué! Parece que vocês ficaram com medo do homem...

— Medo, não — disse, altivo, o Luís Drogueiro. — Medo não. Nem foi com a gente que ele ficou fulo. Foi com você. Mas o jeito dele é de quem está disposto até a matar...

— Hein?

— Pergunte pro Oficial.

— Xi! — exclamou o barbeiro. — O senhor nem faz ideia. Eu nunca vi seu Lara desse jeito. Parece uma cascavel! Deu cada murro aí no balcão que até caiu vidro!

— Disse que tinha chegado a hora do safado morrer — ajuntou o Venâncio...

— Ora essa! — disse apreensivo o Matraca. — Não sei por quê! Eu não fiz nada...

— Eu não sei — acrescentou um sitiante. — Mas pra mim seu Lara faz hoje uma besteira...

— Eu acho até que ele estava armado — lembrou o farmacêutico.

Matraca já não achava muita graça no caso.

— Mas contra mim? Que mal fiz eu àquele tranca?

— Foi alguém que encheu a cabeça dele — explicou o barbeiro. — Eu já tinha notado que seu Lara não é muito bom, não. Aquele é meio ruim da telha. Por qualquer tiquinho ele vira onça. Eu acho que ele saiu de São Paulo já não foi por manso... Brigava até com político...

— Isso é alguma intriga — disse o rábula. — Eu quero saber quem foi o desgraçado que inventou essa estrumela toda, que eu quero ensinar... Não faltava mais nada pôr a gente mal com um amigo...

— É essa história do padre — disse o Luís Drogueiro. — Andaram espalhando pela vila que o poeta tinha inventado aquela encrenca do padre com as crianças. O povo tá louco da vida com ele. Seu Lara soube e quis saber quem foi que falou. De certo alguém inventou que foi você. Vai daí...

— Eu pego esse desgraçado...

— Ele ficou de voltar...

— Não. Não é ele. Eu pego quem me intrigou...

— Ah! isso é difícil — disse embaraçado o mezinheiro. — Falam tanto, fica uma embrulhada... Ninguém sabe depois de onde é que saiu.

— Lá vem ele! — disse o sitiante.

Todos estremeceram.

Graças a Deus não era. Chegava o capenga. Não tinha visto o Campos Lara? Tinha. Estava com ar de louco, falando sozinho, dando soco no ar.

— É hoje — disse apavorado o Oficial.

— Mas que diabo é isso? — fez o Matraca. — Eu agora é que pago o pato? Inventaram as coisas e depois sou eu que me arrumo com o homem? Quem saiu com a história foram vocês mesmos...

— Eu não — disse o Oficial. — Eu sempre fui amigo dele.

— Nem eu!

— Nem eu!

— Foi você! — disse para o Venâncio.

O Feijão e o Sonho 175

— Eu? Todo mundo sabe que não. A prova é que ele disse que matava era você.

Matraca estava em brasas.

— Mas ele estava armado?

— Eu acho que sim — disse o Luís Drogueiro.

— E vocês não tiveram coragem de reagir, seus covardes?

— Ué...

— Então vocês têm coragem de ver um sujeito de fora, que vem ganhar a vida à custa da gente, quase pedindo esmola, ameaçar um chefe de família de Capinzal, e ninguém tem coragem de tapar a boca de um ingrato desses?

— É mesmo! — disse o Venâncio. — Tem razão!

— Não chega o que ele inventou contra o padre — continuou o Matraca — e ainda tem o desaforo de ameaçar de morte um sujeito a quem ele só deve favores?

— É desaforo! — apoiou o farmacêutico.

— Eu acho que nós devíamos agora ensinar esse safado!

— Isso mesmo.

— Ele que apareça! — disse o Capenga.

— Agora ele vai ver! — disse o sitiante.

— Está aí o erro de se trazer gente de fora para a terra da gente! — comentou o Matraca, excitado.

— Eu sempre disse isso — confirmou o dono da casa.

E ficaram todos, numa agitação febril, à espera do poeta.

41.

TINHA SIDO UM ERRO. Campos Lara não devia descer até aquela gente. Era pôr-se à altura deles, emparelhar com aquela pequenina canalha sem espinha. Uns pobres-diabos irresponsáveis, ignorantes, boçalizados. Aparecer na Bigorna para tomar satisfações ao Drogueiro, ao Venâncio, àquele vil e intrigante Matraca, era infantilidade. Sua atitude devia ser outra. Deixar a cainçalha* ladrar. Tantas vezes outros lhe haviam ladrado aos pés sem que lhes desse a honra de um simples olhar. E eram cães maiores e mais ilustres. Agora, por uma pobre intrigalhada de aldeia, perdia, dessa maneira, o controle. Sim. Fizera mal. Que o fel corresse. Que o veneno se espalhasse. Devia procurar o padre. Justo. Ele tinha direito a uma explicação. Verdade ou não, Campos Lara não o conhecia, não tinha a mais ligeira sombra de provas e de razão para falar. Nem tinha nada com isso. Mas fora calúnia. Acusavam-no de ter falado. Não

....
* Grupo de gente ordinária, vil. (N.E.)

falara. Diria ao padre. Ao padre, sim. Se era um homem, veria, compreenderia, apertar-se-iam as mãos. Vivendo no interior há muito tempo, o vigário devia estar acostumado àquele ambiente de mexericos e de maldade mal aproveitada. Mas nunca deveria ter procurado os supostos caluniadores. E Campos Lara arrependia-se do repente enfurecido que o levara à farmácia. Nem sabia bem como para lá se dirigira. Era sujeito a esses gestos bruscos, violentos, próprios dos grandes tímidos, dos inadaptados como ele.

O pior é que estava agora na obrigação de voltar. Prometera e devia. Dissera que voltaria para ver o Matraca. Precisava. Senão, chamá-lo-iam de covarde, toda a gente diria que, depois de roncar tanta bravata, se encolhera amedrontado.

Não havia remédio senão voltar.

E Campos Lara saiu andando, quase até à gameleira, para encher o tempo, para aliviar o espírito, para compor uma atitude mais estudada, mais serena, mais de acordo com a sua vida de todo dia. Entraria com mais calma na farmácia. Procuraria o Matraca. Chamá-lo-ia para uma conversa particular. Contaria que ouvira, dos seus companheiros, ter sido ele o autor de uma calúnia gravíssima. Era verdade! Talvez o fato não tivesse tamanha importância. Fora tudo uma longa série de mal-entendidos. Explicaria bem o que houvera. Apelaria para a sua honra de homem. E o Matraca, por vil que fosse, chamado ao terreno e à hipótese de uma honra que nunca tivera, havia de prontificar-se a desfazer o quiproquó, e estaria tudo salvo. Salvo, não porque Campos Lara temesse as consequências de uma atitude ou se apegasse, de unhas e dentes, àquela situação precária, humilhante, de mestre-escola num lugarejo pestilento. Pouco se lhe dava aquilo. Em Capinzal nada compensava o sacrifício de lá ficar. Já escrevera mesmo ao cunhado contando da sua situação e o Gomes chegara a sugerir-lhe que, se a escolinha não rendesse e se não lhe conviesse permanecer mais na vila, poderia vender as carteiras e, com o dinheiro, pôr-se de velas para São Paulo.

E com o espírito leve e tranquilo, já senhor de si, Campos Lara voltou à Bigorna.

42.

NESSE ÍNTERIM, NA SUA ÉGUA PREDILETA, O PADRE MENDES REGRES-
SARA DE BOTUCATU. Notou, à porta da farmácia, um desusado
ajuntamento. Quinze ou vinte pessoas, algumas armadas de
pau, deblateravam*.

Tocou o animal para a farmácia.

— Boa noite, meu povo.

Toda a gente, suspensa, encarou o vigário, que surgia
inesperado.

Um ou outro boanoitou. Os demais boqueabriram-se.

— Ué! Seu vigário...

Chico Matraca, sempre o mais senhor da situação, falou:

— Boa noite, seu vigário. O senhor chegou na hora. Já
soube do escândalo?

— Do escândalo? Não. Como vê, estou chegando de viagem. O que há?

....
* Protestavam. (N.E.)

Várias vozes quiseram contar. A do Matraca dominou. O vigário ficou sabendo, estupefato, que Campos Lara, com aquele ar de sonso, de santinho de pau oco, era um ímpio, um degenerado, um inimigo da fé. Não era à toa que nunca aparecera na missa. Nem deixava ir a mulher e os filhos. E andava caluniando seu vigário. Não acreditava? E o Matraca hesitou. Mas o tempo urgia. Campos Lara, armado, devia aparecer de um momento para outro. Sim. Campos Lara falara mesmo em assassiná-lo, a ele, Matraca, por haver tomado a defesa do vigário contra as calúnias levantadas.

— Mas que calúnias?

Matraca olhou os companheiros, a ver se alguém se dispunha a falar.

— Eles sabem.

— Mas disse o quê, afinal? — continuou o padre. — Podem falar. Eu não tenho medo. Tenho a consciência limpa.

Campos Lara dissera coisas horríveis. Matraca nem tinha coragem de repetir. Eram infâmias sem nome. Porém, como seu vigário fazia questão de saber... E o rábula, a princípio gaguejando, mas depois fluente e feliz, quase retórico, deitou fora os horrores. Que seu vigário abusava da situação. Que usava o confessionário para macular a família capinzalense, que estava cheio de amantes, que um dos filhos da Quitéria era filho do padre.

— Até isso?

— Pois é, seu vigário. Ele pegou no fato de o menino ser meio mulatinho — ela é preta e o marido também — para dizer que o filho é seu.

O Feijão e o Sonho 181

— Mas isso é uma loucura — disse o padre nervoso, esmagado por aquela catadupa* de acusações.

— Todos nós sabemos. Ele é que inventou, para desmoralizar a religião.

Examinou as cercanias, a ver se o poeta ainda não chegara. O ajuntamento estava cada vez maior e mais rumoroso. Cada afirmação do Matraca era interrompida por apoiados, por detalhes novos.

— E depois... — Matraca ia entrar agora no ponto nevrálgico — até com essa história dos santinhos o professor implicou...

— Mas que história de santinhos? — disse o padre, sempre a cavalo, cada vez mais constrangido, diante daquela multidão indiscreta.

— Pois é, seu vigário, o pessoal pode confirmar...

E gaguejou outra vez.

— Conte, seu Luís.

O farmacêutico hesitou.

— Eu não sei bem. Não estava na hora. Mas parece que ele andou dizendo que seu vigário dava santinhos aos meninos para...

— Para quê? — perguntou furibundo o padre.

— Para... para perverter as crianças...

— Perverter? Com santinhos? Ora essa! É a primeira vez que eu ouço dizer que uma imagem de Nossa Senhora, de São

....
* Derramamento, jorro. (N.E.)

Pedro ou de São Sebastião pode perverter o espírito juvenil... — ripostou o padre, mais à vontade.

— Mas é que ele disse — acrescentou o Venâncio — que o senhor levava os meninos para sua casa, quando ia dar os santos...

— E daí?

— Ué — disse o Capenga. E que lá o senhor pegava as crianças...

O padre chicoteou a égua, que empinou a cabeça.

— Mas isso é uma infâmia!

— A gente sabe, seu vigário. Foi ele que disse. Que o senhor dava banho no filho de dona Generosa...

— No meu, não — gritou a velha.

— Eu sei que não — disse o Capenga. — Foi invenção do tal poeta. Até da senhora ele falou...

— O quê?

E o Capenga sorriu.

— Pois é... Disse que a senhora andava de pouca-vergonha com o padre!

— Eu? Cachorro! Eu? Tá vendo, seu vigário? Tá vendo que cachorro? Na minha idade...

O Venâncio aparteou.

— Não foi com o seu vigário que ele disse, dona Generosa. Foi com o Padre Alberto...

E Campos Lara foi transformado repentinamente em seção-livre. Toda a babugem, todas as calúnias, todas as intrigas da vila vieram à tona. E homens e mulheres se acusa-

O Feijão e o Sonho 183

vam. Campos Lara disse que o Capenga desonrara a filha do seu Quim. O Capenga disse que Campos Lara dissera que dona Felicidade era amante do fazendeiro da Meio-Dia. Outro, que o padre emprenhara Nhá Cotinha. Outro, que o filho de seu Zeca da Ponte era macho-fêmea. Mais um, que o vigário só pensava em dinheiro. E desonras e perversões e paternidades duvidosas e roubalheiras surgiram, por entre insultos, clamores, até bofetões.

Foi quando apareceu Campos Lara.

43.

O PROFESSOR VINHA SEM PRESSA. Espantou-se, avistando o grupo formado à porta da farmácia. Vozes roucas, insultos. Seria com ele? Teve um segundo de vacilação. Mas reagiu. Tocou. Mais perto, distinguiu o vulto do padre a cavalo. Ótimo! Liquidaria agora, corajosamente, a questão. Ao ser notado, aguardou-o um silêncio repentino. Percebeu que dois ou três fugiam. Que todos recuavam. Deu mais alguns passos. Parou. Gente desviava os olhos. Alguns olhavam, incertos. Fitou o padre, passeou a vista pela assembleia, encheu os pulmões, cruzou insensivelmente os braços sobre o peito, num gesto instintivo de desafio.

A atmosfera de hostilidade era visível. Num relance Campos Lara viu os homens armados, compreendeu que um simples gesto o perderia e, num relâmpago de humor, achou graça na situação. Ele, o pacatíssimo, a tábua de bater roupas de casa e da vida, metido naquela enrascada absurda e ridícula, num lugarejo perdido do interior. Sentia uma calma profunda, agora. Percebeu que jogava uma cartada de vida ou de morte. E não quis perder.

O Feijão e o Sonho 185

— O Matraca está aí?

A voz firme. O ar decidido. Uma serenidade fria e segura, inédita na sua vida. Toda a gente, expectante, hesitava.

— O Matraca não está?

— Está aí — informou uma voz covarde e solícita.

Chico Matraca, que se escondera atrás de alguns amigos, apareceu. Quis ser valente.

— Estou! Matraca vai ele!

A saída foi infeliz. Alguns risos o mostraram.

— Venha aqui para o largo.

O homem titubeou.

— Venha aqui no claro. Temos que falar.

Matraca olhou os companheiros. Ninguém ia também? Ninguém ia.

Campos Lara sorriu.

— O que é isso, homem? Está com medo?

— Eu? Medo? Eu não sou covarde! — roncou o rábula.

E saiu da fileira.

— O que é que o senhor deseja? Quer me matar? Mate, que mata um homem!

E sua voz tremia!

Campos Lara percebeu o ascendente. Assim como o haviam tornado autor da calúnia, as linguinhas da terra tinham-no armado também, novo Dioguinho improvisado.

— Eu não mato cobra. Piso em cima.

Vacilou, num segundo fugitivo, sentindo-se ridículo. Mas não podia ceder terreno, ou estaria perdido. Olhou o padre.

— O senhor é o vigário?

O padre, que observava em silêncio, e começava a compreender, esboçou um sorriso:

— Parece...

— Muito bem — disse Campos Lara, que continuava a dominar o grupo. — Esse homenzinho...

— O senhor está me ofendendo... — quis dizer o Matraca, para ganhar terreno.

— Você é um homem que não se ofende.

E quase a agarrá-lo pelo pescoço, dirigindo-se ao padre:

— Este homenzinho é um caluniador de papelão, um porco!

O "porco", o grande palavrão de Campos Lara, reboou, sonoro. Matraca apenas esboçou um gesto vago, sentindo-se desamparado, vendo, pela atitude dos companheiros, que teria de enfrentar sozinho aquele demônio enfurecido em cujos olhos fulguravam chamas infernais.

— Mas o que há? — perguntou o padre, como se nada soubesse.

— É simples — disse Campos Lara. — Este homenzinho criou uma porção de calúnias...

— Contra mim?

— Contra o senhor ou contra mim, não sei bem. Sei que ele me fez autor de uma porção de misérias em que envolveu o seu nome. E eu quero agora que ele sustente, se é homem...

— O senhor está me insultando, doutor!

— É engraçado... Eu estou insultando você, não é?...

O Feijão e o Sonho 187

E como se a assembleia estivesse com ele:

— Este cachorrinho vai agora sustentar, se for homem, o que disse contra mim...

— Cachorro, não senhor! Veja lá o que diz! Eu não admito que o senhor me ofenda!

— Está bem. Este cavalheiro, este nobre cavalheiro...

O Luís Drogueiro sorriu, mostrando haver apanhado a ironia, satisfeito com a entalada em que o amigo se metera.

— Este Chico Matraca — prosseguiu Lara — vai sustentar agora o que disse!

— Mas eu não disse nada!

— Ah! você também não disse nada? Então ninguém disse?

— Ninguém... — apressou-se a dizer o Oficial.

— Está vendo, seu vigário? O senhor já deve saber do que houve. Mas ninguém foi o pai da calúnia. Não partiu de ninguém. Nem foi este poltrão, nem foi o Drogueiro, que foi quem disse que tudo partira do Matraca.

— O senhor está enganado, doutor — disse perturbado o farmacêutico, aterrado ante o olhar do rábula. — Eu só disse que talvez...

— Aqui é só talvez ou ouvi-dizer. Ninguém tem espinha. Ninguém é homem para sustentar o que disse!

Houve um murmúrio de desaprovação. Campos Lara tornou a emudecer o grupo, com um olhar.

— Ninguém é homem! Caluniam pelas costas, apunhalam pelas costas, mas quando enfrentam um homem...

— Um homem, não, um assassino! — tentou dizer o Matraca, desejoso de explorar a situação em seu favor.

— Pois bem. Assassino! E daí?

— Nada, ué... Estou só dizendo...

O professor avançou para o vigário.

— Não tenho mais nada a dizer. Somente ao senhor, que mal conhecia de vista, eu devia uma explicação. Essa explicação é agora perfeitamente dispensável. O senhor acaba de ver e pode julgar. A coisa é com as suas ovelhas. Entenda-se com elas... Boa noite!

Voltou-se para sair.

— Doutor Lara? — disse o vigário.

O poeta deteve-se.

— Aperte esta mão.

— Obrigado.

— Não pense mais nisso. Boa noite.

Campos Lara deu alguns passos. O murmúrio recomeçou. Parou, voltou-se, olhou. O murmúrio cessou.

— Gostei de você, Juca! — disse Maria Rosa, que surgiu da treva, tomando-lhe o braço.

44.

LÁ VEM A LITERATURA OUTRA VEZ!

Era aquele o maior inconveniente de São Paulo. Em Capinzal, pelo menos, Campos Lara dera uma folga, livrara-a de aturar a fauna odiosa de artistas e escritores. Era uma gente desordenada, palradora*, que enchia a casa fumando, falando alto, rindo ruidosamente, como se fosse dona do mundo.

Campos Lara desesperava-se com a maneira hostil, agressiva, da companheira. Maria Rosa não ocultava a antipatia que lhe inspiravam aqueles homens.

— São uns empatas! Ficam aí conversando, até não sei que horas, enchendo a casa de fumaça, enfedegando a sala, emporcalhando as mesas e o chão com cinza e pontas de cigarro. Ainda se tivessem alguma utilidade...

O pior é que as meninas, reproduzindo as apóstrofes maternas, cometiam indiscrições imperdoáveis.

....
* Tagarela. (N.E.)

— Ih! mamãe! A mulatada está chegando!

Algumas vezes chegava ao conhecimento deles a reação da família. O próprio Benício Teles deixara de aparecer, desde que Irene, com sua franqueza infantil, lhe perguntara se era verdade ou não que ele não tomava banho.

O fato é que Campos Lara só ficava bem, só se sentia à vontade, em companhia daquela gente. Fora aquele o sofrimento supremo de Capinzal. Reingressado em São Paulo, tinha de novo com quem falar de livros, a quem ler os poemas, de quem ouvir novidades. Na vila, a não ser o Oficial, não tinha confidente. O Oficial o traíra, para não ficar mal com a freguesia toda, tomando posição por forasteiro que fazia a barba em casa. Nem iria assumir atitude contra o padre, ele, cujo maior orgulho era a perfeição com que fazia coroas eclesiásticas. Até o Bispo de Botucatu, numa visita a Capinzal, elogiara a sua perícia incomparável. Abandonara-o, à última hora, no momento mais difícil. E mesmo nesse gesto o literato latente que era o barbeiro não se diferençava dos seus colegas mais ilustres de São Paulo ou do resto da terra.

Campos Lara não tinha ilusões sobre a amizade e a admiração dos colegas. Vivera o bastante para saber que, viradas as costas, seria para o Benício, para o Correia Mota, para o Adalberto Vilaça, para todos os outros, o cretino, o imbecil, o poetastro que eram todos os ausentes. Mas precisava profundamente daquela companhia. Afinal de contas, Benício, Mota ou Vilaça, todos funcionavam para ele como o Oficial, como "chance" para o desabafo, o jogo das ideias, a única atmosfera

O Feijão e o Sonho 191

que lhe parecia respirável, a dos livros.

Contanto que Maria Rosa não disparatasse, que os deixasse conversando livremente, tudo corria às mil maravilhas. Bastava que viesse dispor os cinzeiros, reclame de uma grande fábrica de cervejas, com semblante não excessivamente agressivo, e que trouxesse, às tantas, uma xicarazinha de café. Vinho, cerveja, coquetéis, ninguém esperava mesmo. A pobreza de Lara, por demais conhecida, não fazia estranhar o seu fracasso como anfitrião. E ademais, eram homens como ele mesmo. Queriam ouvir. Queriam falar. Queriam ser ouvidos.

Campos Lara gozava de imenso prestígio entre os confrades. Velhos colegas, rapazelhos recém-iniciados na literatura, veneravam-no como a um mestre. Principalmente agora. De volta da roça, estreara no romance. Trouxera um romance de costumes provincianos, que acabava de rematar e que negociava, pela primeira vez com vantagem. Recebera um conto e pouco, antes mesmo da entrega dos originais. Um editor novo e audacioso, a quem lera os originais, entusiasmara-se com o trabalho. A notícia correra. Os literatos afluíam. Campos Lara lia alto os capítulos, já em forma definitiva, nas provas, por entre conversas e bravos. Era um livro admirável de observação. Revelava, no homem sempre aéreo, sem o sentido imediato da realidade, continuamente longe da terra, um aspecto por inteiro novo, que espantava particularmente a Maria Rosa.

— Bravo!

— Esplêndido!

— Soberbo!

Os rapazes mais novos chamavam-no de mestre. A mulher embirrava, de forma soberana, com o título.

— Isso é hipocrisia, Juca. Pode estar certo de que é hipocrisia. Saindo daqui, eles falarão de você como falam de todos os outros...

— Talvez...

Uma vaga tristeza lhe ensombrava os olhos. Por que seriam os homens assim? Não. Nem todos seriam. Os rapazes, pelo menos, não seriam. A mocidade era a franqueza, a candura, a força, a bondade. E se falassem, falariam dele, o homem. Dele, não fazia mal. Mas não falariam do livro. O romance, como toda a sua obra, valia mais para Campos Lara do que o autor. Reconhecia os seus defeitos, as suas falhas. Talvez fosse até burro. Mas o livro não era. Tinha uma personalidade própria, objetiva, sua. Era superior a Campos Lara. Saíra dele. Ganhara vida própria. Nem sabia como o tinha feito. O próprio Campos Lara surpreendia-se de ser ele o autor. Nunca pensara naquilo antes. O livro formara-se bruscamente, independente e vivo, dentro do seu espírito. E como não era dele, afirmara-se no papel, onde as letras nervosas, na febre mediúnica da inspiração, se haviam alinhado, folhas e folhas, centenas de folhas afora.

O Feijão e o Sonho 193

45.

O ROMANCE FORA ACOLHIDO FRAGOROSAMENTE. As críticas, os elogios longos, derramados, espontâneos. Lara teve o seu momento de glória. Maria Rosa quase se reconciliara com a literatura, vendo os níqueis pingarem. Bafejado pela publicidade, Lara conseguiu logo reaparecer na imprensa. Entrara como redator de um matutino. Trabalho para quase toda a noite. Ordenado modesto. Mas pago em dia. Não chegava a cobrir as despesas. Deixava de pé violentas, ameaçadoras, as velhas dívidas. Mas já entrava pão, o açougue fornecia. Tinha até podido financiar a coqueluche que o Joãozinho arranjara, ao chegar a São Paulo. O diabo é que Maria Rosa, que descansara alguns anos já sem medo, não conseguira evitar nova gravidez. E todos os temores, todas as angústias, todas as tribulações do passado renasciam. Pensou até em atirar-se embaixo de um bonde, quando viu que todos os esforços falhavam para expelir o intruso. Mas não podia. Três filhos estavam ali malvestidos, turbulentos, a solicitar o seu heroísmo, a chamá-la para a luta. O marido, mais do que nunca, vivia dentro dos seus livros. O êxito do romance dera-lhe alma nova. E certo de haver passado a homem prático, materialão, desistira da poesia. Verso não dava lucro. Só faria romances. E dia e noite não pensava noutra coisa. Aparecia em casa alta madrugada, cheio dos seus personagens, do seu mundo interior. Tinha uma pergunta distraída sobre as crianças, sobre a situação da mulher. Passara bem o dia? Não sentia tonturas? A criança não incomodava? Seria homem? Deus permitisse. Homem sempre teve a vitória mais fácil. E recaía no livro. Queria ouvir os últimos capítulos? Queria ver como andava a coisa? O coitado do Lopes, o personagem central, estava numa situação angustiosa. Lara nem sabia como se sairia ele daquela dificuldade. Lopes tinha vida à parte. Era tão real, ou mais real, para Campos Lara, do que a mulher e os filhos. Não era ele quem lhes transmitia o sopro da vida. Lopes era, Lopes havia, Lopes sofria. De maneira agoniante e trágica.

— Quer ver?

Cansada, vencida, com o doce e manso fatalismo que a tomava, durante a gravidez, Maria Rosa acedia. E com voz trêmula de emoção, às vezes enrouquecida, embargada de lágrimas, Campos Lara punha-se a ler. Seu diálogo era profundamente verdadeiro. As cenas reais, intensas, dolorosas. Uma onda de ironia, chispas doidas de humor, pontilhavam a narrativa. Mas nos trechos onde Maria Rosa sorria, pelo imprevisto da visão, pelo ângulo estranho, de onde se postava Campos Lara para sentir a vida, a voz do poeta assumia uma tonalidade triste e amargurada. Havia, ali, muito mais sofrimento.

O Feijão e o Sonho 195

— Que tal?

Maria Rosa tinha gostado.

— Sinceramente?

— Sinceramente.

Campos Lara reconciliava-se com o passado, com a vida.

— Você tem passado melhor?

— Tenho.

— Tome cuidado, Maria Rosa. É preciso cuidado... Você não acha bom tomar uma empregada, mesmo que seja uma menina, para ajudar?

Pendendo de sono, pesadona, Maria Rosa o dissuadia. Não podiam pagar. Ela aguentava bem o tranco. A Irene estava grandinha, já podia ajudar. Já sabia fazer arroz, olhar a cozinha. As despesas tinham crescido com a gravidez. O médico mandara a conta. Tinham que pagar. Podiam precisar dele quando a criança nascesse.

Campos Lara facilmente se convencia. Beijava a esposa, que desde a gestação do Joãozinho ficara livre da primitiva repugnância.

— Então durma, meu bem.

A esposa se estendia, embaixo das cobertas. Lara apagava a luz. Oxalá fosse um homem. Coitado do Lopes...

46.

SAIU O LIVRO E NASCEU A CRIANÇA. Uma criança linda, um grande livro. Lopes matara-se no fim do volume. O menino — era homem, venceria facilmente na vida — vinha forte e robusto.

Campos Lara vivia às voltas com gente nova. O filho nascera. Muito engraçadinho, muito bom, muito amor. Mas não era com o filho. Nem com o Lopes. O livro já saíra. Livro publicado, livro morto. Havia gente nova no seu cérebro. Um novo romance fervilhava no seu espírito. Paixões em choque, almas ao desamparo.

E o poeta, arrastado pela nova febre, esquecia-se da vida. Negligenciava as próprias obrigações no jornal. Recebera um livro para traduzir, mas não se atrevia a atacar aquele trabalho, embora relativamente rendoso, útil, porque seria roubar o tempo, de maneira vegetativa, que poderia ser melhor empregado numa obra de pura criação.

O último livro trouxera também algum dinheiro. Pouco, é verdade, para a voragem caseira — lá estava o menino a exigir

O Feijão e o Sonho 197

leitelhos e farinhas caras — mas sempre Maria Rosa conseguia sentir algum resultado palpável das lucubrações do marido.

Creusa continuava a amiga de todos os tempos. Maria Rosa não a procurava — o abismo era insondável, distância grande entre as duas —, mas a prima, fingindo não notar, vinha sempre vê-la, trazia as crianças, queria que crescessem amigas, como os pais haviam sido.

Era ela que trazia os poucos brinquedos que entravam na casa. O primeiro chocalho do Anatólio, como o velocípede do Joãozinho — que festa, em casa! — tinham saído do bolso amigo do Gomes.

Observando que, apesar da nova atividade de Campos Lara, no fundo continuava a mesma vida, Gomes, num fim de ano, foi procurar o poeta. Precisava urgentemente dos seus préstimos. Tinha de escrever um artigo defendendo interesses vitais da sua classe. Era incapaz de escrever. Seria facílimo para Lara, sempre metido com jornais, profissional da pena. Daria as ideias. Diria o que desejava. Lara daria a forma.

O poeta pegou da pena, preparou um artigo magistral. Gomes via claro nos seus problemas, soubera expor o que desejava.

Saído o artigo, triunfante e feliz, Gomes veio procurá-lo. Tinha sido um sucesso. O governo tomara a sério as sugestões. A classe fora beneficiada. Os lavradores de café estavam contentíssimos.

— Quanto é que te devo, Lara?

Campos Lara encarou-o, surpreso, quase indignado.

— Ora essa, Gomes!

— Eu quero pagar, Lara. É justo.

O poeta nem quis conversar sobre o assunto. Ameaçou de ficar zangado. E o único meio que teve o comissário foi entregar dias depois, às escondidas, a Maria Rosa, um envelope com quinhentos mil-réis.

Que, como o dinheiro dos romances, quase nada fizeram. Continuava, em casa, mobília nova, comprada depois da volta de Capinzal, mas quase toda por pagar. Louça humílima, velha, feia, esbeiçada. Cortina era um sonho. Roupa de cama, trapo. De vestir, frangalho.

Um sossego relativo: os credores mais antigos, cansados, só de raro em raro apareciam. Maria Rosa avinha-se com eles, com os novos, com a realidade cotidiana e brutal. De arestas pouco a pouco adoçadas, com o correr dos anos, o rolar monótono do sofrimento, o treino diário, já mais conformada com o marido, mais capaz de compreender, de uma nova compreensão, o seu feitio pessoal e inconsertável, olhava quase com emoção aquele pobre lutador a seu modo, sofrendo com os seus personagens, sofrendo com a sua sensibilidade particularíssima. Sofrendo mesmo com as misérias e problemas do lar. A seu modo, mas sofrendo.

Quando o via desesperado, esquecendo o seu próprio mundo interior, perseguido pelas dívidas e credores, como um náufrago, sem saída, compreendia ser para ele um refúgio aquele mundo irreal em que se abrigava. Tinha-lhe até inveja. Era uma forma toda especial de ser feliz.

Uma tarde, Campos Lara saíra, encolhido no seu terno

O Feijão e o Sonho 199

usado, adquirido dias antes numa tinturaria. Maria Rosa observou-lhe, sem amargura, que ele andava agora mais distante das coisas do lar. Aparecia de fugida. Mal falava com os filhos. Passava longas horas fora.

— Você, de terno novo, sempre longe de casa... Hum! Isso me cheira a malandragem...

— Hein? — perguntou Campos Lara, distante.

— Você não anda me aprontando alguma das suas? Quando você comprou o terno, eu disse logo: temos nova musa...

Campos Lara sorriu. E segredou-lhe. Estava planejando um romance. Coisa nova. Seria um sucesso. Ia todas as tardes ao Brás, ao Bom Retiro, aos bairros operários.

— Para quê?

Era simples. Ia estudar os meios proletários, onde a pobreza imperava, onde a miséria negra tinha o seu domínio, para escrever um livro humano, profundo, real.

— E onde você vai agora?

— Vou ao Bom Retiro... Fiz camaradagem com um pobre-diabo. Está desempregado. Tem os filhos famintos. Vou me documentar.

Maria Rosa teve a tentação de falar. Não falou. Sorriu. Ir tão longe, para estudar a miséria...

47.

OS ANOS PASSARAM. OS MENINOS CRESCIAM. Os livros saíam. Campos Lara tornara-se o grande romancista do país. Tinha um nome nacional. Cartas chegavam de toda parte. Fugira sempre dos políticos. Ouvira, anos seguidos, os impropérios da esposa, por não querer procurar coronelões e chefes eleitorais que o admiravam, para pedir emprego.

— Você não presta mesmo para nada. Por que é que não arranja, pelo menos, um emprego público?

Nunca pedira. Não pediria nunca. Mas o seu nome enchera de tal forma o país, que um deputado amigo se lembrou de arranjar-lhe uma achega*. Campos Lara, além de ser o maior romancista nacional, era amanuense de uma secretaria de Estado.

A glória literária, sempre crescente, abria-lhe todas as portas. Não as procurava, mas estavam abertas. O diretor de

....
* Acréscimo, aumento. (N.E.)

O Feijão e o Sonho 201

um colégio veio oferecer estudo grátis para os meninos. A Irene, a Anita, o Joãozinho, estudavam agora.

No fundo, Maria Rosa preferia que, em vez de escola, as crianças arranjassem emprego. O trabalho compensa. Irene poderia ser uma boa datilógrafa. Joãozinho faria carreira, na casa de Gomes, Correia & Cia. O estudo poderia estragá-los, fazê-los iguais ao pai. No apogeu da sua carreira literária, a merecer em toda parte mesuras e barretadas, de vez em quando um repórter em casa, para fotografar o romancista à sua mesa de trabalho, ou simplesmente a mesa — um retratara apenas o tinteiro e a caneta — Campos Lara vivia mediocremente, pobremente. Uma peleja tão grande, para ganhar pouco mais do que um empregado de escritório.

Mas nem se atrevia a falar ao marido. Em certas coisas, Campos Lara conseguia ser inflexível. Os filhos teriam que estudar. E apreensiva sempre, Maria Rosa auscultava as tendências das meninas, já mocinhas, especialmente do filho, temerosa de ver o germe literário se revelar. Sua esperança era que o seu quinhão de sangue os salvasse. Os filhos, muito mais dela do que dele. A sua carne, o seu sangue, o seu sofrimento. Haviam crescido ao seu lado, passando privações, vendo o mau exemplo e o fracasso do pai. E, sempre que podia, mandava o Joãozinho brincar à casa do Gomes, com o garoto mais velho, ver a diferença, invejar-lhe a riqueza!

202 *Orígenes Lessa*

48.

VEIO A GUERRA NO OUTRO MUNDO. Veio um abalo universal. Ideias novas, interesses novos, ideologias novas em cena. Uma cabeça gloriosa, aureolada de espiritualidade e de doçura.

Trabalhava sempre. Um, dois romances por ano. Palpitantes de vida. Dolorosos de vida. Cheios de um íntimo, de um suave desencanto.

Trabalhava pelo simples gosto de trabalhar, pela necessidade interior de produzir. Já não havia aquela ânsia moça e irrefreável de glória. Chegara ao clímax da sua carreira. Todas as consagrações literárias o haviam coroado. As academias o disputavam. Os jornais. As revistas.

Foi quando chegou a hora fatal da demolição. Aos seus pés, gerações mais novas disputavam-lhe o passo e o lugar. Uma turba irreverente, trinta anos mais moça, procurava lugar ao sol. Feita de outros sonhos, de outras tendências, de outras inquietações. Devorada por outros problemas. Buscando o seu rumo. Procurando afirmar-se.

O Feijão e o Sonho 203

E na ânsia de ocupar lugar, de encher a terra, não podia tolerar os velhos ídolos. Campos Lara fizera-se um ídolo. Campos Lara tornou-se um papão. Sua voz nada significava, reboava sem eco pelas quebradas do país.

A princípio, foi apenas a incompreensão, a perda de contato. Depois foi preciso destruir.

E um dia uma voz moça, um nome desconhecido, abriu fogo. Escândalo. Revolta. Mais outra voz. E mais outra. Eram os devoradores. Era a nova geração. A que seria a seu tempo devorada.

E a palavra de ordem dos moços passou a ser a destruição de Campos Lara! Escarneciam da sua obra, zombavam do seu feitio, ridicularizavam a sua atitude, a filosofia, a forma, os cacoetes literários.

Escritor moço que desejasse aparecer atirava-se contra o papão. Escritores velhos, despeitados, sem saber que representavam outra verdade e outro tempo, faziam coro. O Benício Teles (é verdade que o senhor não toma banho?) surgiu também na arena. Desancou o antigo irmão de caravana.

E os pobres e os humildes e os vencidos que enchiam a obra de Campos Lara foram repudiados como falsos. O seu doce e brando ceticismo foi metido à bulha. Os tempos novos pediam afirmação, pediam coragem, não admitiam dúvidas, ceticismo, encruzilhadas, braços cruzados, torres de marfim.

E num fragor de tempestade que contagiava e crescia e se avolumava, toda a obra de trinta longos anos foi caindo e se desfazendo.

49.

A PRINCÍPIO CAMPOS LARA ACHOU GRAÇA. Eram os ossos da glória. A glória combatida é a verdadeira glória. Outros haviam bebido à morte de D'Annunzio. Não era de estranhar que um macaco indígena bebesse também à sua.

Mas quando a onda cresceu e quando Campos Lara sentiu que a terra lhe fugia aos pés, quando se viu divorciado do pensamento novo, das novas inquietações, uma desolação mortal encheu-lhe a alma.

Subira sozinho. E estava só. Toda a sua obra ruía. Trinta anos de trabalho. Cinquenta anos de sonho. Lutara tanto, sofrera tanto, sacrificara o melhor tempo da sua vida, sacrificara o seu lar, o seu amor, pelo seu ideal de arte. Julgara alcançá-lo. Provara o gosto amargo da glória. E tudo agora esboroava. Todo o alto castelo que construíra com lágrimas, com sofrimento, com paixão, esbarrondava ao simples sopro de uma geração que o demolia, como ele tentara demolir trinta anos antes, com a mocidade do seu tempo, as glórias encontradas.

O Feijão e o Sonho

Podia contar com a posteridade. Mas não contava. A posteridade o abandonaria, como o abandonava o presente, como o abandonara, na hora amarga, o pobre barbeiro de Capinzal.

Com infinita amargura, feita de desapontamento e de fel, revia o grande erro da sua vida. Enveredara pelo sonho, esquecera a realidade imediata. Sacrificara, por aquele ideal inútil, a felicidade dos seus. Nunca soubera ouvir e compreender a voz de Maria Rosa. Razão tinha ela. Antes houvesse aprendido a sua verdade, a verdade do Gomes. Teria vestido a mulher, alimentado os filhos. Não os teria visto crescer envoltos em trapos, sofrendo privações, passando vexames, sem ter provado jamais certas alegrias, só na infância profundas e grandes. E tudo por causa do seu egoísmo. Era o egoísmo que via agora castigado. Sedento de glória, cego pela sua vaidade de escritor, não fora jamais o companheiro que Maria Rosa merecera, não fora jamais o pai a que os filhos tinham direito.

Pelo amor de um livro a criar, de um romance a escrever, deixara que os filhos chorassem de fome, ouvira surdo, quase hostil, Irene pedindo vestido, Anita pedindo calçado, Joãozinho pedindo patim, Anatólio tossindo sem remédio — e aqueles gritos voltavam agora, e ouvia o pranto de novo — e vira, indiferente, egoísta e mau, Maria Rosa lutando sozinha, Maria Rosa chorando, Maria Rosa imprecando, Maria Rosa, que ele se espantava de ver agora a seu lado, a incomparável lutadora, a pedir-lhe que saísse, de chicote em punho, a chicotear aqueles ingratos, a castigar aqueles patifes!

50.

E CAMPOS LARA SILENCIOU. Abandonou a pena. Passou a ser um trabalhador quase anônimo de jornal, um simples operário. O lugar da Secretaria, só, não bastava. A multidão de livros publicados trazia-lhe ainda, de quando em vez, uma achega irônica.

Fugia agora aos literatos. Via em cada antigo companheiro o inimigo que intimamente se comprazia com a derrota do vencedor. Via em cada novo a incompreensão, a hostilidade.

Descobriu então o lar. A esposa e os filhos. Anatólio iniciava os estudos.

— O privilegiado! O de sorte!

Eram os irmãos mais velhos que viam, com certo despeito, a infância mais ordenada e mais feliz do irmãozinho menor.

Anatólio possuía brinquedos com que haviam sonhado toda a vida. Tivera patinetes e cavalinhos de pau. Ganhara velocípede. E Campos Lara prometera — ele, que aos outros nem sequer prometera! — uma bicicleta.

— Caçula é isso: o ai-dodói!

O Feijão e o Sonho 207

Eles não sabiam que agora a maior tristeza de Campos Lara não era o esbarrondar* da sua obra, mas a recordação da infância dolorosa e humilhada que dera aos outros filhos.

Mas no lar, que não soubera construir, sentia-se igualmente só. Os filhos só agora o viam de perto. Como um estranho. Quase como um intruso. Para as meninas, era o estorvo. Controlando os estudos, vigiando os namoros, sindicando as companhias, dando ganja** ao caçula, o verdadeiro senhor da casa, cheio de luxos e vontades.

Joãozinho, sério, grave, caladão, não tinha expansões. Era um rapazola quieto e fechado, metido com a sua vida, sempre longe de casa.

E Campos Lara procurava auscultar, com íntimo temor, o coração e as tendências do filho. Mas o rapazola não falava. Não se abria. Maria Rosa, agora confiante e companheira — os dois comungavam nas mesmas apreensões — ficava com ele horas perdidas, a pensar no futuro do menino. Joãozinho seria sempre "o menino".

— Ele falou em entrar para Direito.

— Mas por que você não disse, Maria Rosa, que seria melhor Engenharia? Ele tinha tanto jeito para a matemática, não se lembra?

Era medo inconfessado de que o Direito, o papelório, o palavrório o desviasse da vida prática, o encaminhasse para

....
* Fracasso. (N.E.)
** Vaidade. (N.E.)

a literatura. Uma carreira mais objetiva, mais imediata, cheia também de beleza, apelando também para o espírito criador, afastaria todo o possível germe do mal.

Um dia Campos Lara penetrou no quarto do filho, encontrado casualmente aberto. Ele mesmo o limpava, tinha-o sempre fechado. Foi ver, ansioso, os livros que se amontoavam na mesa e na pequena estante que ele mesmo contruíra. (Ah! por que não se fazia engenheiro?)

Lá estavam muitos dos seus livros. Alguns volumes estrangeiros, de poesia e de literatura. Mas o grosso da sua biblioteca incipiente era constituído por livros estranhos, brochuras sobre ideologias modernas, panfletos de propaganda. Mocidade! Mocidade! Ah! os seus vinte anos, quando Eliseu Reclus, Malatesta, Jaurés, Proudhon e o famoso *Manifesto* procuravam chamá-lo para o campo da luta!

Mas aquilo o tranquilizou. Joãozinho revelava, nas suas leituras, uma inquietação diferente. Eram os problemas sociais. Era a questão social. Estava no seu direito e no seu dever. E a questão social talvez não fosse uma questão de literatura.

O Feijão e o Sonho 209

51.

CAMPOS LARA NOTOU, NOS OLHOS ensombrados, sonhadores, do filho, que o rapaz o procurava. Tinha qualquer necessidade de desabafo. Alegrou-se. O filho chegava-se. Não quis ser indiscreto. Não perguntou. Esperou. Os dias foram passando. Joãozinho às vezes sentava-se ao seu lado, no escritório, a palavra afogada na garganta.

O pai via os olhos tristes do filho, contava as espinhas no seu rosto. Era amor. Com certeza era amor. Estava na idade. E esperava a confidência.

Uma tarde, o rapaz se atreveu.

— Papai, eu estava querendo falar com o senhor.

— Fale, meu filho.

Decerto ia pedir licença para casar-se. Que loucura! Naquela idade... Mas o menino hesitava. Afinal, criou coragem. E contou que estava escrevendo umas coisas. Não sabia se prestavam, se tinha jeito. Não queria fazer papel ridículo. Estava há muito para lhe falar. Queria a sua opinião franca. Estava disposto a ver a bobagem?

Campos Lara empalideceu.

— Estava.

E muito vermelho, trêmulo, o rapaz lhe estendeu uma folha. Era um poema. O pai sentiu uma turvação na vista, percebeu que o coração lhe batucava no peito. Correu os olhos pelo poema, versos livres, linguagem nova, imagens febris, uma revelação inquietante de poeta, voltado para os problemas que eram a angústia da sua geração.

Seu filho era poeta. Um arrepio de orgulho e de emoção percorreu-lhe a pele. Afinal de contas, tinha sido aquele o seu sonho toda a vida. Um filho que o perpetuasse, que valesse por si, que lhe continuasse a obra. E teve o impulso de abraçá-lo. Sentiu que os seus olhos se enublavam de lágrimas. Lembrou-se, porém, de sua vida. Dos anos de luta, de sonho, de tormento e de agonia criadora. Da vida árdua, humilde, sacrificada e dolorosa que vivera. Da existência que dera à família, dominado pelo seu devotamento exclusivo à arte. Da vida que dera ao próprio filho. Era essa, a vida que ele tinha diante de si. Que teriam os filhos de seu filho. E que seria talvez pior, porque não era somente a arte a chamá-lo. Outras insídias e outros desenganos o esperavam.

— Prestam? Continuo?

Campos Lara sorriu. E batendo um cigarro, o pensamento melancólico no vazio da vida, ficou olhando o filho, sem achar resposta.

O Feijão e o Sonho 211

Saiba mais sobre
Orígenes Lessa

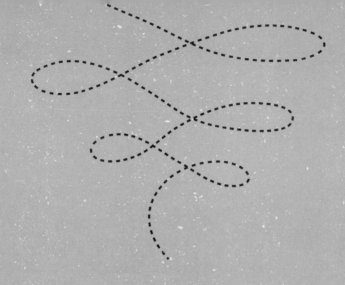

ORÍGENES LESSA É UM DOS MAIS IMPORTANTES AUTORES DA LITERATURA BRASILEIRA. Mas ele não se dedicou somente à ficção: também foi jornalista e ensaísta. Teve uma carreira reconhecida, repleta de prêmios e de fãs.

O autor nasceu em Lençóis Paulista, cidade do interior do estado de São Paulo, no ano de 1903. Filho de um historiador, jornalista e pastor protestante pernambucano, Orígenes acompanhou o pai em sua jornada missionária: morou em São Luís do Maranhão, onde passou a infância e viveu experiências incríveis, que lhe deram material para a escrita do livro *Rua do Sol*. Voltou para São Paulo em 1912, onde viveu por mais tempo. Aos 19 anos, seguiu a influência religiosa familiar e passou a frequentar um seminário protestante. Contudo, depois de um tempo tomou a decisão de abandoná-lo.

A obra premiada de um autor revolucionário

Começa sua carreira literária

Após o abandono do seminário, Orígenes Lessa decidiu levar uma vida diversa. Mudou-se para a cidade do Rio de Janeiro, onde cursou Educação Física e, surpreendentemente, tornou-se instrutor de ginástica.

Mas suas primeiras experiências com a palavra escrita não tardariam. Logo ele publicou artigos em um jornal operário, ainda no Rio de Janeiro. Somente no ano de 1928 decidiu dedicar-se oficialmente às artes, matriculando-se na Escola Dramática do Rio de Janeiro. Ainda no mesmo ano, retornou a São Paulo, onde se tornou tradutor publicitário.

Orígenes Lessa em sua máquina de escrever.

O reconhecimento

Sua primeira antologia de contos, intitulada *O escritor proibido* (1929), foi bem recebida pela crítica. Seguiram-se outras, como *Garçon, garçonnette, garçonnière*, que recebeu uma menção honrosa da Academia Brasileira de Letras.

No ano de 1932, época em que estourava a Revolução Constitucionalista em São Paulo, Orígenes tomou parte na luta e até foi preso e removido para o Rio de Janeiro. Durante a reclusão, escreveu reportagens e relatos sobre o conflito e outros prisioneiros, e esses trabalhos o projetaram definitivamente nos meios literários. Depois de liberado, voltou a trabalhar em agências de publicidade, como redator.

Ao voltar à atividade literária, publicou, entre outros trabalhos, o romance *O feijão e o sonho*. Foi com ele que conquistou o Prêmio Antônio de Alcântara Machado. A obra teve tamanho sucesso que ganhou até mesmo uma adaptação para a televisão.

A partir dos anos 1970, dedicou-se também à literatura infantojuvenil, chegando a lançar quase quarenta títulos dedicados a jovens e crianças.

Durante sua trajetória, Orígenes Lessa recebeu muitos outros prêmios literários: Prêmio Carmem Dolores Barbosa (1955), Prêmio Fernando Chinaglia (1968), Prêmio Luísa Cláudio de Sousa (1972) – apenas para citar alguns. Em 9 de julho de 1981, foi eleito para ocupar uma cadeira na Academia Brasileira de Letras.

O autor veio a falecer no ano de 1986, na cidade do Rio de Janeiro. ●

*Este livro foi composto nas fontes Rooney e Skola Sans
e impresso sobre papel pólen bold 90 g/m².*